光文社文庫

文庫書下ろし

かなたの雲

日本橋牡丹堂　菓子ばなし(七)

中島久枝

光　文　社

この作品は光文社文庫のために書下ろされました。

目次

栗羊羹（くりようかん）で里帰り

一

ひよどりが高い声で鳴いている。秋の日差しは澄んで、空には白いわた雲が浮かんでいた。小萩は見世の入り口脇に「栗羊羹はじめました」の紙を貼った。

「ほう、今年もそんな季節か。楽しみだなぁ」

そう言いながら、お客が見世に入って行った。

二十一屋は日本橋の浮世小路にある菓子屋である。店名は、菓子屋（九四八）だから足して二十一という洒落で、のれんに牡丹の花を白く染めぬいているので牡丹堂と呼ぶ人もいる。大福から風流な茶席菓子まで扱い、味と姿の美しさには定評がある。西国の大名、山野辺藩にお出入りを許されたこともあり、毎日とても忙しい。

小萩はつきたてのお餅のようなふっくらとした頬に黒い瞳、小さな丸い鼻。美人ではないが愛らしい顔立ちの十八歳の娘である。

江戸の菓子に憧れ、自分でもつくれるようになりたいと鎌倉のはずれの村からやって来て三年目。少しずつ菓子を習い、職人とはひと味違う、小萩ならではの菓子ができるようになった。夏には注文を受けて、その人にあった菓子を考える「小萩庵」の看板を出させてもらった。見世のみんなの知恵を借り、協力を得て、新しい道を歩き出している。

「小萩さん、文(ふみ)が来ているわよ」

店に入ると手伝いの須美(すみ)に手渡された。差出人は「豊波(とよなみ)」とあった。豊波は実家の旅籠(はたご)の屋号である。開いて見ると、達筆(たっぴつ)な上、漢字が多い。どうやら、おじいちゃんかららしい。

「字が難しすぎて読めない」

小萩が口をとがらせると、須美が「いいかしら？」と言って手に取った。実家が判子屋のせいもあって、須美は漢字をよく知っている。

「初秋の折、小萩におかれては健勝(けんしょう)のことと存じ上げ候(そうろう)……。あら、大変、おじいさまは起きられないみたいよ」

転んで腰を打ち、家で臥(ふ)せっている。小萩の顔をしばらく見ていないので、会いたいと思う。戻って来てはくれないか……。そんな内容である。

「おじいちゃんが？」

小萩は目をしばたたかせた。

風邪ひとつひかない丈夫な人で、腰も曲がっていないし、固いせんべいもばりばりと音を立てて食べる強い歯をしている。暮れの餅つきの折などは、父の幸吉よりも張り切って仕切るのだ。

そのおじいちゃんが寝込んだ……。

おかみのお福が話に加わった。

「ふだん元気な人こそ、気をつけたほうがいいんだよ。自分を過信しちゃうからね。体が弱いなんて言っている人のほうが、無理をしないから安心だよ」

お福は自分のことを棚にあげて心配した。

親方の徹次に相談すると、こう言った。

「わざわざ文をよこしたくらいだ。こっちのことは気にしなくていいから、早く帰って顔を見せてやれ」

そんなわけで小萩は家に戻ることになった。

江戸と鎌倉の間は十三里ほど。日本橋から六郷の渡しまでが三里半、六郷の渡しから鎌倉までが九里で小萩の郷はそこからさらに歩く。男十里に女九里といわれるから、一日では行かれない。保土ケ谷宿あたりで一泊することになる。

若い娘を一人で旅させるわけにはいかないとお福はあちこちあたって連れを探してくれ

た。表具師の女房のおせんが鎌倉に用事があるという。お福に連れられて小萩は挨拶に行った。

「ああ。連れができて、こっちこそありがたい。こんな年でも一人旅は心配でございますからね。そちらさんは、おじいさんのお怪我のお見舞いですか。それは心配なことで。こっちは、なに、ちょいと孫の顔を見にまいります」

おせんは色黒であごのとがった女だった。末の息子が三年ほど前、知り合いの表具屋の手伝いをするといって女房ともども鎌倉に移り住んだ。子供が生まれたと文が来たが、それっきり、便りがない。仕方ないから、こっちからたずねていくことにしたという。

表具師の夫は腕のいい職人で、何人も人を使っている。それなのに、おせんの履いている下駄ときたら歯がすりへって、鼻緒はところどころ中の綿が飛び出している。髪はきれいに結っているし、着物も帯もちゃんとしているのに、どうして下駄だけ、こんな粗末なものなのか。

小萩の目は下駄に吸い寄せられた。

「ああ、この下駄だろ。これはあたしが嫁に来たときに履いてきたもので、歯を替えながら使い続けている。足に馴れているからいいんだよ」

おせんは少し得意そうに言った。

　翌日、早朝、徹次や息子の幹太、職人の留助と伊佐、見習いの清吉、隠居の弥兵衛にお福、須美に見送られて二十一屋を出た。笠をかぶり、着物の上には上張り、手甲、脚絆、白足袋にわらじに杖という旅姿だ。須美が早起きしてつくってくれた握り飯、おやつの饅頭、みやげの干菓子は風呂敷包みにして背中にしょった。

　空は晴れて雲ひとつない。

「ああ、気持ちのいい風だ。向こうまで天気がもつといいな」

　弥兵衛が言った。

「おじいさんは待っているからね。みなさんによろしくね」とお福。

「水には気をつけろ」と徹次。

「長旅だからな、途中でへこたれるんじゃねぇぞ」と留助。

「うちの羊羹を食べたら、元気がでるよ」と幹太。

「こっちのことは気にせず、じいちゃん孝行をしてくるんだな」と伊佐。

「無事に帰ってくださいね」と須美。

　清吉はぺこりと頭を下げた。

　小萩は何度も礼を言い、後ろを振り返り、振り返りしながら見世を出た。

おせんとは日本橋のたもとで落ち合った。さすがに長旅だから下駄ではない。小萩と同じく旅装束である。

しばらく歩いて気がついた。おせんは悪い人ではないのだが、思ったことをなんでも口にする人だった。

「おじいさんの見舞いに行くんだろ。どんな具合なんだい？」

おせんがたずねた。

「詳しいことが書いてないので、それがよく分からないんです。転んで腰を打って寝込んでいるらしいんですけど」

「あんた、そりゃあ、大変だよ。年寄りが寝込むと大変なんだ。これは長引くよぉ」

「そうでしょうか」

いきなりそんなことを言われて小萩はとまどった。知り合って間もない相手なのだ。

――まあ、心配だねぇ。大事でないといいねぇ。

そんな風に言うのがふつうではないか。

「これだから、若い人はだめなんだよ。隣のご隠居もね、家の中で、座布団のへりにつまずいて転んで、脚の骨を折って寝込んだ。座布団のへりだよ。まったく年寄りっていうのは目が離せない」

　おせんはずけずけと言った。

「そのご隠居はそれからどうなったと思うかい」

「ええ……。どうなったんですか」

「ひと月もしないうちに頭がぼけちゃったんだよ」

「はあ。それは、大変なことで……」

「それからね……」

　次々と、寝たきりになった人、ぼけが進んでしまった人の話をする。

　小萩は暗い気持ちになってきた。

　文には詳しいことは書いていない。しかし、本当はかなり深刻なことになっているのかもしれない。

　うっかりそのことを口にした。おせんは目を輝かせた。

「ああ。そうだよ。たとえばさ、遠方にいる人には、心配をかけないように、いかにも軽そうに書くもんなんだよ。だからさ、ちょっとしたねんざって書いてあったら骨折のことで、風邪で三日ほどと言ったらひと月は寝込んでいるね。危篤だっていったら、こりゃあもう御臨終だ。うちの職人のところに父親が危篤だって文が来たんだ。そしたらね……」

白い布をかぶったおじいちゃんの姿が一瞬浮かんで、小萩は泣きそうになった。そんな縁起でもない言葉は聞きたくない。

「ああ、ごめん、ごめん。これはただのたとえ話だから」

だったら、そういう話はしないでほしい。

「だけどさ、もう少し待てば正月になる。黙っていても、あんたは帰ってくるんだよ。それなのに、今、帰って来いっていうのはふつうのことじゃないよね」

おせんの話は前にもどる。

「見世の人たちもすぐ帰ってやれと言っただろ。そういうことなんだよ」

だめ押しのように言われて、小萩の口がへの字に曲がった。胸がどきどきしてきた。

「まあ、ここであれこれ考えていてもしょうがないよ。元気を出しな」

おせんはにこにこ笑って小萩の肩をたたいた。

自分のせいで、小萩が暗い顔をしているとは思っていないらしい。

その晩は保土ケ谷宿に泊まった。宿は女二人の客に気をきかせて相部屋ではなく、狭いながらも部屋を用意してくれた。

風呂に入って夕餉の膳が運ばれた。安い宿だから、料理もそれなりである。小さないわしの煮つけと豆腐の煮物、たくあんに味噌汁、飯だ。

それでも、一日歩いたすきっ腹にはごちそうだった。

「お孫さんに会うのは楽しみですね」

小萩は言った。

「ああ、そうなんだよ。末の息子は手先が器用でね、勘もいいんだ。うちは三人の息子がいるけど、あの子が一番筋がいいね。そのせいか、鎌倉の見世に誘われて移った。今は自分の見世を構えているよ。その子に去年、女の子が生まれたんだ。まだ顔を見ていないから、見に行こうと思ってさ」

「お嫁さんはどういう方なんですか」

もう何度も聞いた話をおせんは繰り返す。

「ああ。しっかり者でよく働く。美人さんだよ」

そう言うと、むふふと笑った。

「ちょっと惜しいんだけどさ」

そう言うと、指で鼻の先をぐいと押して上に向けた。

「息子は形のいいきれいな鼻なんだけどね。嫁は違う。孫は女の子だからさ、お母さんに似たらかわいそうだと思って」

小萩は思わずおせんの鼻を見た。丸くて低い。人のことは言えない鼻だ。

「ああ、鼻の形がいいのはうちの人なんだ。息子はそれに似たんだね。あたしの鼻だってこの通りだからさ、冗談のつもりで言ったんだよ」

「そのぉ、鼻のこと、お嫁さんに直接言ったんですか？」

「そうだよ。そうしたら、めそめそ泣きだした。あたしは笑ってくれると思ったのに。冗談の通じない子だ」

気にしている容姿を姑に指摘されたら、冗談ではすまされない。

「そのとき息子さんもいっしょだったんですか？　なんて言いました？」

「あたしを怒るんだ。ひどいことを言うとかなんとかさ。あの子はなにかというと、すぐ嫁の肩を持つんだ」

女房思いの息子でよかったと小萩はほっとする。

「あたしは本当の親子みたいに仲良くしたいんだよ。だけど、あたしが良かれと思ったことでも、息子は怒るんだ」

おせんは汁を飲み干しながら言った。

「たとえば、どんなことですか」

小萩はおっかなびっくりたずねた。

「嫁が実家に里帰りしたことがあったんだよ。そのころ、息子夫婦はまだこっちにいてさ、部屋だけは近くに借りて息子が通ってきていた。毎日、忙しくさせて気の毒だと思ったから掃除をしてやったんだ」

「お嫁さんがいない間に、息子さん夫婦の部屋を掃除したんですか」

「ああ。隅から隅まではたきをかけて、柱からなにからきゅっきゅっと磨いた」

それは……うれしくない。

「あんまり片付けの上手な人じゃないからね、箪笥の中もごちゃごちゃなんだ。仕方ないから全部出して畳みなおした」

「箪笥も開けたんですかぁ」

小萩は悲鳴のような声をあげた。それは嫌だ。絶対に嫌だ。

「べつになにか見ようってわけじゃないよ。ただ、きれいにしただけだ」

嫁はそうは思わなかったに違いない。

「やらない方が良かったと思います」

「息子にもそう言われた。ともかく、あの嫁とは一から十まであたしとは違って話が通じないんだ」

いや、話が通じないのは嫁ではなく、あなたの方だ。もう少し、嫁の気持ちに寄り添った方がいい。

そう言いたかったが黙っていた。

「明日、息子さんのところに行くことは伝えてあるんですか」

「ないよ」

おせんはあっさりと答えた。

「だって文だってろくに来ないんだ。行くといったら、なんだかんだ言うに決まっている」

「他のご家族はなんと?」

「亭主と上の二人の息子は仕事のことしか頭にないし、嫁はあたしがいないほうがのんびりできていいんだよ」

「ああ、そうですか」

おせんの家はあれこれ問題を抱えているのではあるまいか。

小萩はぐっと言葉を飲み込み、立ち入らないようにした。

翌朝も早くから歩いて、鎌倉でおせんと別れた。

「あんた、早く、おじいさんのところに行ってあげなよ。年寄りは転ぶのが一番怖いからね」

おせんはそう繰り返した。改めて言われて、小萩はさらに心配になった。

歩き出すと、昨日、おせんに言われたあれこれが思い出された。悪いことばかり頭に浮かぶ。

山は緑で風に葉を揺らしている。ところどころ気の早い枝が黄色や赤に色づいていた。

空は晴れて、風には汐(しお)の香りが混じる。

懐かしいはずのふるさとの景色が、少しも目に入らない。小萩はひたすら前だけを見ていた。

道の先に豊波の屋根が見えたときには、小萩はもう自分でもなにがなんだか分からなくなって、夢中で駆け出した。息がきれて、苦しくなっても構わず走った。

「ただいまぁ。おじいちゃん、小萩帰ったよ」

家の戸を開けると、小萩は大きな声を出した。

「ああ、小萩、おかえり。遠いところ、大変だったね」

母のお時(とき)が台所から現れて、前掛けで手をふきながら出迎えた。

「おじいちゃんの具合はどう？　文をもらって驚いちゃったよ」

「あ。うん。それがね……」

何か言いかけたとき、父の幸吉が出て来た。

「おお、小萩か。よく帰って来たな」

「おじいちゃんの腰はどうなの？」

小萩は顔を真っ赤にしてたずねた。

「いや、そんな……。あれ？」

幸吉は口ごもる。

「ああ、ねぇちゃん、おかえり」

十四になった弟の時太郎がひょいと出て来た。少し見ないうちにずいぶん背がのびている。

「ああ、小萩。おじいちゃんのためにわざわざ帰って来てくれたんだろ。すまないねぇ。忙しいところ悪いねぇ」

おばあちゃんが姿を現して言った。

あれ、何だか変だ。

そのときになって、やっと小萩は気がついた。

重病人を抱えて心配でいっぱいという顔ではない。のんきな、うれしい反面困っているような、そういう感じだ。

「じゃあ、ともかく、奥の部屋に行こうかね」

幸吉が言った。

奥の座敷に行くと、おじいちゃんが座布団に座っていた。顔色も悪くない。いつものように……元気そうだ。

「よく帰って来てくれた。わざわざこっちまで悪かったな」

「寝てなくていいの？」

「ああ。いつまでも寝ていると体がなまって、かえってよくない。医者がそう言った。だから、昨日からこうして起きることにしたんだ。……小萩に文を書いたときが一番悪かった。あのときは腰だけじゃなくて体中が痛くて、このまま寝たきりになるかと思った」

落ち着いた様子で答える。

やっぱり変だ。

「ともかく、たいしたことがなくてよかった。もう、心配で鎌倉からこっちまで、ずっと走って来たのよ」

小萩は「走って来た」というところに力を込めた。おじいちゃんは気づかないのか、「そうか、そうか」と目を細めている。

「しばらく、こっちでゆっくりしていられるんだろう」

大事でないと分かれば、そうゆっくりしてもいられない。

「でも、そうもしてられないから……。明後日ぐらいかなぁ」

「なに？」

おじいちゃんの眉がくいっとあがった。

「正月に帰ったときも二日しかいなかったではないか」

「そう言われても……」

なにしろ、二日がかりの旅なのだ。こっちに二日いるということは、五日も見世を空けることになる。

「仕方ないよ。小萩も見世では頼りにされているんだろ」

幸吉が助け舟を出した。

「もう三年になるから、菓子もいろいろできるようになったんだよね」

お時も加勢する。

「そうなの。最近は、私にってお菓子の注文があるの。ご隠居の茶話会とか、お能の会の手みやげとか……、そういうのはお客さんの話を聞いて、どういうお菓子がいいのか考える。もちろん私一人じゃなくて、親方やほかの職人さんに相談して手伝ってもらうんだけど。それでね」

小萩は膝を乗り出した。

「そういうお客さんが来やすいように、小萩庵という看板を出させてもらいました」

「すごいよ、ねぇちゃん」

時太郎が言った。

「それから、二十一屋は山野辺藩という大名家の御用も賜っていて、お屋敷にうかがうときは旦那さんといっしょに私も行くの」

後ろで黙って話を聞くだけだが、そのことはあえて触れない。

「ふうむ」

おじいちゃんは腕を組んで考えている。

「お前、いくつになった？」

「十八です」

「なんと。年が明けると十九じゃないか。うかうかしていると、二十歳だ。一体、お前は、これからどうするつもりなんだ」

おじいちゃんは大きな声を出した。

「どうするって言われても」

「お前がしっかりやっているのは分かる。しかし、いつまでもこのままという訳にはいかん。自分でもそう思うだろう」

なんとなく話の展開が見えて来た。戻って来いとかそういうことを言いたいらしい。

「でも、おじいちゃんは以前、私を日本橋に嫁にやったつもりだと言ってくれたじゃない」

小萩は口をとがらせた。

「言った。あの時はそういう気持ちだった。だが、小萩。お前は五年先、十年先のことを考えてみたことがあるのか。お前の友達はみんな嫁に行って子供を抱いているぞ」

おじいちゃんがぐっと目を見開いた。小萩はまた小さくなった。

「小萩庵をうんと流行(はや)らせて、自分の見世を出すって手もあるよな」

おとうちゃんが陽気な声を出した。

「それは……ちょっと難しいよ」

商いという点では、小萩庵はあまり二十一屋の役に立っていない。実際のところ小萩庵は手間ばかりかかって金にならない。それでも、徹次が看板を出してくれたのは、留助や伊佐、幹太にとっても勉強になるからだろう。

「だれかいい人はおらんのか」

やっぱり、そこに話は向く。

ちらっと伊佐の顔が浮かんだ。

しかし、それは小萩一人の思いなわけで、伊佐に届いているかも怪しいのだ。

「いません。そういう人は……」

「そうか。それは困ったなぁ」

おじいちゃんは残念そうにつぶやいた。

二

奥の座敷を出て、みんなが集まる茶の間に行くと、姉のお鶴(つる)が来ていた。去年の春、名主(なぬし)の家に嫁いだお鶴はすっかり母親らしい顔になり、赤ん坊を抱いている。

「おかえり、小萩。ほら、春吉(はるきち)ちゃん、おばちゃんだよお」

そう言って、子供の顔を見せた。春吉は八か月。丸々と太って、元気がいい。子供の成長は早い。しかも、お鶴は二人目を身ごもっていた。それにも驚く。

「春吉。かわいい名前だねぇ」

「そうでしょ。おとうちゃんがつけてくれたんだよねぇ」

ふふとお鶴は笑う。おとうちゃんとはお鶴の亭主で、春吉の父親の朝吉だ。

お鶴は春吉を小萩に抱かせてくれた。腕にずしんと重さが加わった。春吉の体は熱く、髪は汗で湿っていて赤ん坊の匂いがする。小萩の抱き方が悪いのか、春吉は腕の中で暴れる。伸ばした手が小萩の髪をつかんで、思いっきり引っ張った。

「痛いよぉ」

小萩は悲鳴をあげた。

「ごめんね。やんちゃなところは、おとうちゃんに似ちゃったんだよねぇ。この子の名前をつけるときも、おとうちゃん、すごかったんだよ」

お鶴は春吉の指にからんだ髪の毛をはずした。

家族みんなが春吉の誕生を心待ちにしていた。特に舅は自分が名前をつけると張り切っていた。画数がどうの、字面がどうのとそれはもう大変な力の入れようであった。そうしてあれこれ調べたり、人から教えを乞うたりしているうちにどんどん画数が増え、読み方も凝っていった。何様かという名前になった。

朝吉はそれが気にいらない。

——なんだよ。七面倒くさい名前ばっかり考えやがって。俺は自分の名前を気にいってるぜ。朝吉。ぱりっとして、いいよな。

そこで先手を打つことにした。

みんなが集まった夕餉の席で言った。

——あー親父、子供の名前のことだけどさ、春吉と決めたから。めでたくていいだろう。

懐から取り出した半紙には、朝吉の上手とは言えないが力強い字で春吉と書いてある。

——だって、お前……。

母親が何か言いかけたが、朝吉は聞こえない風で壁に半紙を貼った。

「命名　春吉」

これで決まりだ。舅はがっくりと肩を落とした。

朝吉は子供のころから意志のはっきりとした子だったそうだ。これが食べたい、この着物が着たい。これでなくては嫌だと頑張った。自分のことは自分で決める。人に左右されない。両親は子育てに苦労したそうだが、同時に頼もしさも感じていた。

将来は名主となって、土地の人々を仕切るのだ。それぐらいの強い意志があるほうがよい。そう思っていたのだ。

「それで、あっさり春吉に決まったの？」

「そうよ」

お鶴は微笑む。

「この子も男の子だったら夏助か、夏吉にしたいって」

お腹をなでた。男の子は四人で春夏秋冬。女の子も欲しいと言っているそうだ。

「おねぇちゃん、大変だ」

小萩が言うと、何がおかしいのか春吉が大きな声で笑った。

「ね、海に行こうか」

お鶴が誘った。

松林の間の道を抜けると、砂浜に出た。その先に進んで行くと岩場になる。黒いごつごつした岩が波から顔を出している。岩にぶつかると波はくだけて白い泡になって飛び散る。その様子は力強くて面白い。

遠くの海に目をやると、波はおだやかできらきらと光っている。陽の光は強く、まっすぐに頭や腕に降り注ぐ。

小萩は汐の香りのする大気を胸いっぱいに吸い込んだ。

「帰って来たんだなぁって、思う」

「小さいときから、よくここで遊んだもんね」

小萩は砂をつかんだ。手の中できしきしと音を立てた。

「おじいちゃんは十日ほど前に転んだの。夜、布団のへりに足がひっかかって。暗くてよく見えなかったんだって言っていたけど、違うのよ。年を取ると転びやすくなるの。それも、家の中の小さな段差につまずいて」

　おせんが言っていた、座布団のへりで転ぶというのは本当の話なのだ。そうして、おじいちゃんは、もう、そういう年齢になってしまっている。

　小萩は奥歯を嚙（か）みしめた。

「半日ほど横になっていたけど、すぐ普通に動いていた。だけど、自分でもすごく驚いたのよ。そうして心配になったんだと思う。いろいろなことが……」

　豊波の行く末。時太郎のこと。何より気になったのが、日本橋に行ったままの小萩である。さっそく文を書いて戻って来るように伝えることにした。

　それが、あの文である。

「もう、そういうことなら、正月まで待ってくれたっていいじゃないの。心配したんだから」

　頰をふくらませた。

　――ひと月もしないうちに頭がぼけちゃったんだよ。

　――うちの職人のところに父親が危篤だって文が来たんだ。

　おせんに言われた言葉のあれこれが思い出された。

「そうだよねぇ。あたしも文を書いたって後から聞いて驚いた。だけどさ、おじいちゃんはあんたのことが本当に気がかりだったんだよ。小萩はまだか、まだかって言っていたんだから」

「うん」

小萩はうなずいた。

ふと伊佐の顔が浮かんだ。片頰だけで静かに笑っている。

伊佐は七歳の時、母親に捨てられて牡丹堂に来た。牡丹堂の人たちは伊佐を大切に思っていた。幹太は伊佐を兄のように慕っていた。それでも、伊佐は淋しいときもあっただろう。

——家族仲良くて、大事に育てられたあんたとは違うんだ。

ふとした拍子に伊佐の声が聞こえてくるような気がする。

突然、遠くの方で声がした。

「小萩。今、おばちゃんから聞いたよ。今日、帰って来たんだってね」

見ると、幼なじみのお駒とお里だった。

日に焼けた浅黒い肌で背が高く、勝気そうな黒い瞳のお駒は、去年の夏、漁師の勘吉と祝言をあげ、今は乳飲み子を背負っている。お里はぽってりと肉のついた丸い体つきで、おとなしげな顔立ちだ。農家の息子の大作といっしょになって、大きなお腹をしていた。

ふたりはゆっくりとした足取りで近づいて来た。

「おじいちゃんから、帰って来なさいって文をもらって、こっちに来たんだ」

「小萩のおじいちゃん、どうかしたっけ？」

お駒が首を傾げる。

「うん、ちょっと転んでね。それで大騒ぎ」

お鶴が説明する。

「ああ、そうか。そうだったね」

お里がうなずく。

「しばらくこっちに居られるの？」

お駒がたずねた。

「ううん。明後日にはここを出る。でも、また正月には戻って来るから」

小萩の答えに二人は少し淋しそうな顔をした。

「そんなにすぐ、帰らなくちゃいけないのぉ。ゆっくり話もできないよぉ」

お駒が口をとがらせた。

「そうだよ。もう、いろいろ、つもる話があるんだからさぁ。あんたの話も聞かなくちゃなんないし」

お里は小萩の袖をくいと引っ張る。二人が聞きたいのは、もちろん恋の話だ。

「私の話なんか、なんにもないよぉ」

小萩は困って大きな声を出した。

「ねぇ、でも、ほら、前に言っていたじゃない。気になる人がお見世にいるって」

お里が言った。

「うそ。私、そんなことを言ってない」

小萩はあわてて手をふった。

「聞いた、あたしも聞いた」

お駒も言葉に力をこめる。

「ね、その人は小萩のことをどう思っているの？」

お鶴まで話に加わった。

「だからぁ、そういうのじゃないんだってば」

「なにもしなかったら、なにも始まらないよ」とお駒。

「そうよ。あたしだって頑張ったんだよ」とお里。

「いや、いや、いや。その人は、いろいろ事情があるから」

小萩はつい、口をすべらせた。

「事情ってどんな？」

三人の目が小萩に集まる。

「だから、子供のころにおかあさんがいなくなってね」

伊佐の事情を簡単に話す。

「それは、ちょっと大変かもしれないね。そういう人は難しいところがあるから」

お里がわかったようなことを言う。

「じゃあさ、とりあえず、聞いてみたら。私のこと、どう思っているのって」とお駒。

「ええっ。そんなこと……」

できっこない。なんとも思っていないと言われたらどうするのだ。伊佐なら言いかねない。

「そうね。断られたら、その時はその時。気持ちを切り替えて別の人を探せばいいのよ」

お鶴があっさりと言う。

「早く、聞いてみた方がいいよ。ぐずぐずしていると時間ばっかり経ってしまう」とお里。

「たった、一言よ。それで、すっきりするから」とお駒。

「ほら。覚悟を決めてさ」

三人が声をそろえた。小萩は肩を落とした。

それくらいのことは、小萩だって考えているのだ。けれど、言えない。言えそうにない。

——私のこと、どう思っているの。

そう聞けるのは、いい返事が返ってくると分かっている時だけだ。

いや全然とか、別にとか、そういう返事はあってはならない。

今の小萩にとって、それは一か八か、運を天に任せて崖から飛び降りるというような賭けだ。その結果、伊佐がよそよそしくなってしまったらどうしよう。

それを考えると怖い。淋しい。悲しい。辛い。

「ううむ」

小萩はうなった。

「困ったねぇ」とお鶴。

「案外、意気地がないんだよねぇ」とお駒。

「女は度胸だよ」とお里。

小萩は頭を抱えた。

浜は明るく、午後の光が満ちて、波の音だけが平和そうに響いていた。

「じゃあ、まぁ、しょうがないか。そうだ、あたし、あんたにお菓子のつくり方を教わりたいと思っていたのよ」

　お鶴が言った。

「そうだ。それがいい。そうしてよ。簡単なのでいいから」とお里。

「そう。この前みたいに難しいのでなくていいから」とお駒。

　それは、お鶴の祝言の話だ。小萩は、お鶴の祝いに大変な苦労をして桃のきんとんを仕上げたのである。

「あたしは、桜餅がいいな。薄い皮であんこを巻いたやつ」

　お駒が目を輝かせた。

「そうだね。あれがいい。あれ、おいしいよね」

　お里もうなずく。

「だって、あれは春のお菓子よ」

「大丈夫だよ。あたしたち、そういうの全然気にしないから」

　お駒が答える。

「葉っぱもなくていい。あんこを炊くの面倒だから、中は違う物でもいいよね」

　お里の言葉に小萩は目を白黒させた。

　桜餅の皮は、うどん粉に砂糖と水を加えて混ぜて、鍋の底に流して薄く焼き上げたものだ。もち粉を足せばもちもちするし、赤の色粉を加えて桜色に染めることもある。桜の葉の香りがすると思うのは、外に巻いた葉の移り香だ。だから、桜の葉を使わず、あんも巻かないなら、それはもう、桜餅ではない。

「そうねぇ。ほら、くるみ味噌とか、いいんじゃない」

お鶴が言う。くるみ味噌は砕いたくるみと砂糖やみりんを加えた味噌のことだ。ご飯にのせたり、餅にからめて食べるのだ。

お鶴の言葉に、お駒とお里は「ああ、それがいい」「ちょうどうちにある」とうなずく。

「ごまと醤油と砂糖もいいね」

「あたしなら、黒蜜（くろみつ）ときな粉かなぁ」

ええい、ままよと小萩は腹を決めた。

「二人とも時間は大丈夫？　だったら、これからうちに来てつくる？」

お駒とお里は、「あんたは、どう？」「少しだったら、うちも大丈夫」と二人でこそこそ相談をした。

「じゃあ、今からお願いします」

二人はぺこりと頭を下げた。

家に戻って「おかあちゃん、ちょっと台所借りるね」と、大きな声をあげると、お時も出て来た。

小萩はうどん粉と砂糖を水で溶いて、鍋に流して焼いた。

「あれぇ。こんな風にしてできるんだ」とお駒。

「案外、簡単だったね」とお里。

焼きあがったばかりの薄甘い皮をざるの上に二、三枚並べた途端、お腹をすかせた春吉が騒ぎだし、その声でお駒の背中の子も起きて泣き出す。

その騒々しさに小萩は驚いた。

赤ん坊はこんなに大きな声で泣くものだっただろうか。手足を振り回し、そっくり返り、腹の底から声を出す。二人は張り合うようにいつまでも泣いている。お鶴が焼きあがった薄甘い皮をちぎって、春吉とお駒の子の口に入れるとようやく泣き止んだ。

手に残った皮を口に入れたお鶴が言った。

「おいしいわ」

いや、うどん粉と砂糖の薄甘い皮である。おいしいというところまではいかないだろう。

小萩はそう思ったが、その声を機に、お駒とお里の手が伸びた。小萩はあわてて戸棚からくるみ味噌やごま醤油を取り出した。茶を用意して戻って来ると、すでに、お鶴にお駒にお里、それに時太郎も加わって、できあがった桜餅の皮を食べていた。

「悪いねぇ。ごめんね。ありがとう。子供がいると、食べられるときに食べないと、だめなのよ」

そう言ってお鶴は、また新たに薄甘い皮に手をのばした。

お時に手伝ってもらって、小萩が皮を焼くそばから、みんなが食べていく。その食べっぷりの見事なことに、小萩はまた目を見張る。

お駒とお里はともかく、以前のお鶴はこんな風ではなかった。なんでもよく気がついて、小まめに体を動かす。小萩より先に立ってお茶を用意したはずだ。

「おねぇちゃん、たくましくなったねぇ」

思わず、小萩は声をあげた。

「あんたも、子供を持つと分かるわよ。母親ってほんと、大変なんだから。眠れない、食べられない。それでもって洗い物だの、なんだのが増える」

お駒が言う。

「お腹が大きいときだって、そうよ」

お里も負けじと声をあげた。

あわただしく食べ終わると、夕餉の支度があるからと三人は足早に帰っていった。

「嫁に行くっていうのは、こういうことなんだね」

小萩はみんなの勢いに圧倒され、大仕事をすませたように疲れて小上がりに腰をおろした。

「そうだよ。女は大変なんだ」

ずっとだまっていた時太郎が分かったような口をきいたので、小萩はぶつ真似をした。

お時を手伝って夕餉の支度をした。今日の宿の客は五人。

「鯵はたたいて、鯖を塩焼き。さざえはつぼ焼き。味噌汁には生のひじきを入れて、あとはちょっとなすを煮るか」

お時が算段をする。

目の前の海は豊かで、鯵に鯖、鯛、さらに、あわびにとこぶし、さざえにうに。海藻なら天草、わかめ、ひじきにかじめがとれる。地引網にかかった売り物にならない小魚を近所の漁師が分けてくれる。裏の山にいけばきのこや木の実があって、小さな畑でもあればなすに瓜、大根に菜っ葉と隣近所に分けられるぐらいできる。

食べる物に困らない土地だと言われていたが、納得した。

土地のものは新鮮で、味がいい。あれこれ手をかけなくても、そのままでおいしい。しかも、ただで手に入るものも多い。なんでも買わなくてはならない日本橋とは、そこが違う。

小萩の言葉にお時は顔をほころばせた。

「そうなんだよ。ここは水がよくて、食べ物がおいしい。それでもって、人がいい。それに気づいただけでも、日本橋に行った甲斐があったねぇ。ほら、このさざえ、お駒ちゃんのご亭主が獲ったんだよ」

「へぇ。そうなんだ」

固い角をはやした大きなさざえを小萩はながめた。

小舟に乗って海に出て、舟べりからぐいと身を乗り出して海の中をのぞく。そのとき、口にふくんでいた米ぬか油を吹くと、一瞬、海が平らになって海の中が良く見える。すかさず二間（約三・六メートル）ほどもある長い棒の先に三又の鉄鉤をつけた道具でつくのだそうだ。

「すごいねぇ」

小萩は改めて感心した。

「おとうさんが喜んでいた。もともと腕もよかったんだけど、子供が生まれてから、なおいっそう一生懸命になったんだって」

「そうかぁ」

以前のお駒は小萩に張り合う様子を見せていたが、今は、そんな感じはみじんもない。きっと、幸せで毎日が充実しているのだ。

「お里ちゃんも、やさしい性格だからお舅さんやお姑さんにかわいがられているんだよ」

少し細くなったお里の顔が浮かんだ。

「ふうん。きれいになったと思ったら、そういうことがあったのね」

「所帯を持つのも悪くないよ」

お時がちらりと小萩の顔を見る。

そのとき、玄関の方で訪う声がした。

「お客さんかな？」

小萩が出て行くと、おせんが立っていた。

「ああ、よかった。あんたのことを探していたんだよ。悪いけど、今晩、ここに泊めてもらえないかねぇ」

「母に聞いてみますね。それにしても、よくここが分かりましたねぇ」

「だからさ、あんたは街道をまっすぐって言っただろ。だから、歩きながら、豊波って旅籠を知りませんかって聞きながら来たんだよ」

やって来たお時におせんのことを話すと、お時は笑顔で言った。

「わざわざありがとうございます。部屋は空いていますから、どうぞ」

それを聞いたおせんはほっとした顔になった。足を洗いながら小萩はたずねた。

「それで、息子さんとは会えたんですか?」

「うん。まあね」

口ごもる。どうやら、いろいろ事情があるらしい。

「嫁をもらうとね、息子の心は変わっちまうんだよ」

悔しそうにつぶやいた。

夕餉がすんで、膳を下げに行くと、おせんは少し機嫌(きげん)を直したようだった。小萩はおせんにたずねた。

「なにがあったんですか?」

「なんにもないよ。息子の家に行ったら、息子は奥で仕事をしていて、赤ん坊を背負った嫁が出て来た」

——まあ、お姑(かあ)さま、いらっしゃるなら、文でもくだされぱいいのに。こちらもいろいろ用意がありますから。

——あれ、母親が息子の家に行くのに、そんなにあれこれ、言わなくちゃなんないのかえ。

すかさずおせんが切り返した。

どうやら、会った瞬間から火花が散ったらしい。

「今回は、鼻のことは言わなかったんですよね」

おせんが横を向いた。

「言ったんですか？」

「だってさ、孫娘の鼻が嫁そっくりだったんだよ」

「それは、怒りますよ」

「ああ、怒ったね」

お茶をぐいと飲んだ。

「嫁は何て言ったと思うかい」

——お言葉ですが、この鼻は私の両親からもらったものですよ。私は誇りに思っているんです。私の鼻をあれこれおっしゃるということは、私の両親を貶（おとし）めていると考えてよろしいのでしょうか。

なかなか頭の良い、弁の立つ嫁である。しかも、返す刀でこう斬りかかった。

——お姑さまの下駄は今も以前のままでございましょうか。人は足元が肝心だそうですよ。お姑さまの足元があれでは、お舅さま、お見世のみなさまの信用にかかわるんじゃないですか。

「妙に気取った言い方をするんだよ。お武家だの、お寺さんだのとお付き合いするから、自然とこういう話し方になるんだぞうでござんすよってか。嫁の実家は神田の袋物屋だよ。親父はちゃきちゃきの江戸っ子が自慢なんだ。似合わないったらないね」

今となればあれこれ言ってやりたいことも頭に浮かぶが、その時のおせんは言われっぱなしで、返す言葉が見つからなかったのである。

「女ってのは子供を持つと強くなるもんだねぇ」

おせんはそう言うと、荷物の中から牡丹堂の最中を取り出した。

「息子のところの手みやげにしようと思って持って来たんだけど、くやしいから何もやらずに出て来たよ。さあ、これ、ここで食べよう」

焦がし皮がぱりっとして、中にはつやつやと黒光りする粒あんがたっぷりはいった上等の最中が二十個ほどもある。

「おせんさんは、もう、息子さんのところには寄らないつもりですか？」

小萩はたずねた。

「ああ、寄らないよ。金輪際(こんりんざい)、あの家に行くもんか」

勢いよく啖呵(たんか)をきると、ひとつつかんで齧(かじ)った。

「ああ、うまいねぇ。牡丹堂さんの最中は天下一品だよ。あんたもどうだい？」

見世の最中を勧められる。

「じゃあ、遠慮なくいただきます」

小萩も手を出した。

「ああ、やっぱり、おいしいですよ」

「はは、手前みそだねぇ。あんたの家族もいるんだろ。お裾分(すそわ)けだよ。楽しんでおくれ」

おせんは鷹揚(おうよう)に言った。

三

翌朝、小萩が起きると、お時が台所でご飯を炊いていた。

「おかあちゃん、手伝うよ」

小萩が汁をつくっている間に、お時は魚を焼き、漬物を切る。

そうこうしていると、幸吉や時太郎が起きて来て、お客の部屋の布団をたたむ。客達の朝餉（あさげ）がいち段落すると、おじいちゃんやおばあちゃんも加わって家族のご飯になる。

「裏山に栗がいっぱいなっているんだよ。栗拾いに行こうよ」

お時が誘った。

「お、栗か。いいねぇ。せっかく小萩が来ているんだ。羊羹でもつくってくれよ」

幸吉が言った。

「羊羹といったら歯切れのいい煉（ね）り羊羹だな。重くてどっしりして、甘いのがいい」

おじいちゃんが言った。

「俺はどっちかっていえば栗蒸し羊羹だな。ねっとり、しっとりしているやつだ」

あんと寒天を合わせて高温で煉りあげるのが煉り羊羹だ。こしが強くて歯切れがいい。甘さのきれもある。栗蒸し羊羹はその名の通り蒸しものだ。あんにうどん粉などを加えて蒸して仕上げる。もっちりとして甘さもやわらかだ。

「俺も、栗蒸しのほうがいいな。栗のほっくりに合うんだ」

時太郎が父に加勢する。

「なにを言うんだ。栗は木の実の王さまだぞ。煉り羊羹に入れてこその風格だ」

おじいちゃんは主張する。

「でも、煉り羊羹は銅鍋がないと、お見世みたいに歯切れよくはならないんだけど」

小萩の言葉におじいちゃんは淋しそうな顔になった。

「煉り羊羹にしなよ。牡丹堂さんみたいじゃなくてもいいよ。どうせ、あんたがつくるんだから、それなりだよ」

お時が小声でささやく。相変わらず身も蓋もないことを言う母親だ。しかし、今回は、おじいちゃんの見舞いのために戻って来ている。

「分かりました。煉り羊羹をつくります」

小萩が言うと、おじいちゃんは笑顔になった。

朝餉の後、お時と時太郎と、かごを持って裏山に向かった。木の間にのびる細い道を上がっていくと、大きな太い栗の木が見えた。青々とした葉の間からいが栗が見える。

地面にはぱかっと割れた栗のいがが落ちていて、大きく開けた口から、よく太ってつやつやとした栗の実が見えた。いがの針に刺されないよう、両側を下駄で踏み、火ばさみではさむ。たちまちかごがいっぱいになった。

塩水につけて浮かんでくるのは虫食いだから、それをのけて、ゆでた。お時と二人で鬼皮と渋皮をむく。

「おかあちゃん、速い」

「そりゃあ、年季が入っているもん」

お時は当然という顔になった。

二十一屋では三日ほどかけて栗に蜜を含ませる。栗をゆでて皮をむき、薄い蜜に漬けて一晩おく。次の日はもう少し蜜を濃くして、さらに濃い蜜に漬けて甘味を滲み込ませる。栗がくずれないし、中までしっかりと味が入る方法だ。しかし、今回は時間がないので、砂糖を加えて煮ることにする。

「砂糖もたっぷり入れて甘くね」

お時が言う。

「分かってます」

小萩の家は甘党なのだ。

「おばあちゃんは歯が悪いから、とくにやわらかくね」

そういえば、食事のとき、小さく口をあけて食べにくそうにしていた。しばらく見ないうちに、おじいちゃんだけでなく、おばあちゃんも年を取っていた。

「じゃあ、あとは任せたよ」

お時はそう言うと、部屋の掃除にいった。

小萩の代わりに時太郎が手伝うようになったが、今でも宿の仕事の大半はお時が担っている。

栗を入れた鍋がふつふつと沸いてくると、台所に栗の香りが満ちて来た。鍋の中の栗は肩を寄せるように集まって、ゆらゆらと揺れている。

きっと甘くておいしい栗になる。

眺めていると、小萩は幸せな気持ちになってきた。

しかし、仕事はこれからだ。あんにする小豆を洗い、炊き始める。こしあんか粒あんか迷った。こしあんは小豆の皮を取り除く手間がかかる。だが、栗羊羹はやっぱりこしあんだ。その方がいい。

やわらかく煮た小豆を鍋の上においた裏ごし器に流し入れる。へらでこすって裏ごし器の上に残った皮を捨てる。鍋にはゆで汁と小豆の中身が混じった薄茶色のどろどろの汁が入っている。しばらくそのままおいて、上澄みを捨てる。もう一度水をはって、また上澄みを捨てる。鍋の底に沈んでいるのが呉と呼ばれるものだ。

幸吉がのぞきに来て「おっ、やっているな。頑張れよ」と声をかけた。時太郎が「味見してやるよ」と言ったが、追い返した。

別に鍋に寒天を煮溶かして砂糖を加え、鍋の底に沈んでいた呉を入れてへらで混ぜる。

牡丹堂ではぎりぎりまで水気をとばすけれど、今回は焦がすのが怖いので少し手前でやめておく。それでも、おじいちゃんの好きな歯切れがよくて、こしのある羊羹になる、はずである。

大きな流し缶にこれでもかというほどたくさん栗を並べておいて、鍋の中の寒天液と呉の混ざった熱い汁を流し入れる。

あとは、冷えて寒天が固まるのを待つだけだ。

一休みしていると、お時がやって来た。

「おせんさんが部屋でつまらなそうにしていたから、海にでも行かれたらどうですかって勧めたんだ。手が空いていたら、ちょっと見て来てくれないか」

砂浜ではなく、磯浜におせんの姿があった。

「足元がすべるから危ないですよ」

小萩は声をかけた。

「ありがとうね。それにしても、波が岩にぶつかるのを見ているのはいい気分だ……」

おせんは答えた。ごつごつした黒い大きな岩に波がぶつかり、白い水しぶきをあげている。

「波っていうのは面白いねぇ。毎回、形が違うんだよ。飽きないねぇ」

「私もこの風景好きです。気持ちがすっきりしますよね」

小萩が言った。

「そうだね」

それきり、おせんは黙って海を見つめていた。

「あたしはなんのために鎌倉くんだりまで来たんだろうね」

「栗羊羹を食べるためですよ。今、固まるのを待っていますから、夕餉の後にお持ちします」

おせんの顔がほころんだ。

「明日、帰る前に、息子さんのところに寄ってみませんか？　喧嘩(けんか)別れみたいになってしまうのは、どうかなと思うから」

「謝るのは嫌だよ。あたしが悪いわけじゃないんだから。もう、嫁の顔を見るのもいやなんだよ」

おせんが即座に答えた。

ふたりはまた黙って海を眺めた。

「お嫁さんの名前はなんとおっしゃるんですか？　ちゃんと、名前を呼んであげてますか」

「桐(きり)って言うんだ。きつそうな名前だろ。だから、呼んだことはないよ」

おせんの口がへの字になった。

「それって、お嫁さんにしたら悲しいかもしれませんよ」

「そうかねぇ」

「母はね、ああ見えても、お座敷で三味線(しゃみせん)を弾いていたことがあるんですよ。それでね、父といっしょになるとき、祖父たちに反対された。今でも、あれこれいう近所の人もいます」

おせんは意外そうな顔をした。

「姉と私と女が二人続いて、弟が生まれたとき、祖父も父も大喜びだったんです。名前をつける段になって、父が母の字を一字とって時太郎にすると言った。そういう時はふつう、お父さんか、おじいちゃんの字をもらいますよね。だから、みんな驚いた。そのとき、おとうちゃんは言ったそうです。『豊波は……』、『お時が来てからお客が増えた。この家になくてはならない人になっている。大事な跡取り息子に、時の字をつけたい』」

一番驚いたのは、お時だった。「いやいや、それは」と遠慮した。

「でもね、本当のところは、とってもうれしかったそうです。嫁に来て何年も経つのに、やっぱり自分は外の人だ、よそ者だって気持ちがどこかにあった。でも、そんなことをもう思わなくていいんだ。自分はこの家の一人なんだって自信を持てたって」

おせんはしばらく考えていたが、きっと小萩に顔を向けた。

「でも、別にね、あたしはあの嫁を……、桐に意地悪したとかじゃないんだよ。鎌倉に行ったのだって、こっちはお寺さんが多いから襖や障子を張り替えたり、表装を修理したりする仕事があるからなんだ。息子は腕がいいのを見込まれて移ったんだよ」

「分かっています。おせんさんはそういう、意地悪をする人じゃありません。でも、このまま日本橋に帰ったら、次に会うとき気まずいでしょう」

日本橋から鎌倉は遠い。そうそう簡単に行き来できない。だから、今は仲直りできなくてもいい。またという日があるように、細くても縁をつないでおくことが大事ではないか。

おせんは黙って海を見つめている。

「じゃあ、こうしましょう。栗羊羹を私が届けます。そうしたら、おせんさんは桐さんに顔を合わせなくてもすむ」

「まあ、そうだねぇ。それなら、いいか」

ようやくおせんは納得した。

栗羊羹は夕餉の後、みんなで食べた。たくさんできたのでお客さんにも出し、お鶴のところにも届けた。どこを切っても栗がたくさん入っている。栗はほっくりとして甘く、羊羹生地はつややかで歯切れがいい。

「ああ、うまいなぁ。小萩がつくったと思うと、よけいしみる」

幸吉は大きな口を開けて一口に頬張ると、目を細めた。

「やわらかくて、甘くておいしいねぇ」

おばあちゃんは小さく切って、ゆっくりと口の中で転がしている。

「あっという間に食べちゃったよ」

もう一切れ食べたそうにしているのは時太郎だ。

「たしかにうまい。これは、わしが食べたいと思っていた栗羊羹だ」

おじいちゃんが満足そうにうなずいた。

「よかったね。小萩」

お時が笑顔を向けた。

「そう言ってもらえるとうれしいけど、でも、二十一屋の栗羊羹はもっとすごくおいしいのよ」

小萩は思わずそう言った。栗羊羹は上手にできた。だが、小萩にしてはという注釈がつく。

「いや。これでいい。この菓子は小萩がわしやみんなのことを思いながらつくってくれたんだ。それがよく分かる。お前のその気持ちがうれしいんだ」

おじいちゃんが言った。

「栗がやわらかかったから、あたしも食べられたよ」

おばあちゃんも目を細める。

「だからさ、小萩。お前はそういう菓子をつくればいいんだよ。どうせ、本物の職人さんみたいな、びしーっていう技はできないんだ。少々不出来でもな、ああ、自分のためにつくってくれたんだなって、お客が思えるようなさ」

幸吉が言う。

——だから、それが小萩庵です。それに、少々不出来っていうのは、余計だと思います。

小萩は心の中で反論する。

「しかしなぁ……。来年は、十九だよ」

おじいちゃんが嘆息し、おばあちゃんも幸吉も考えこんだ。

突然、時太郎が大きな声を出した。

「大丈夫だよ、おじいちゃん。ねぇちゃんはかあちゃんの子なんだ。自分の道を見つけて、生きていくよ。それに、もし、こっちに戻って来たくなったら、いつでも戻って来いよ。

おいらが守ってやるから」

おじいちゃんがはっと目をあげた。おばあちゃんは涙ぐんだ。

「そうか。お前がそう言ってくれるのか。だったら、もう心配はない。小萩、日本橋に戻れ。いい菓子屋になれ。小萩庵を立派な見世にしろ」

幸吉も赤い目になっている。

――なんだか、すごいことになっちゃったなぁ。

小萩はみんなの顔を見回した。

小萩庵といっても、看板を掲げただけだ。どうなるか先のことは分からない。ただ、今できることを一生懸命やるだけだ。

「ありがとうございます」

頭を下げた。

台所で洗い物をしていると、時太郎がふらふらと入って来た。

「さっきはありがとね。おかげで、気持ちよく日本橋に戻ることができる」

小萩は礼を言った。

「ああ、あれかぁ。おかあちゃんに言われたんだよ。ねぇちゃんを後押ししてやりな。あんたが言えば、みんな納得するからって。本当にそうなったね」

屈託のない様子で答える。

小萩はやっと気づいた。これは、お時の仕込みだ。

栗羊羹をつくり、みんなに食べさせ、時太郎の一言で丸く収める。

お時は素知らぬ顔で鍋を洗っている。その背中に声をかけた。

「おかあちゃん」

こちらを向いたお時は怖いくらい真剣な顔をしていた。

「あんた、のんきな顔をしているけど、おじいちゃんも、おばあちゃんも、おとうちゃんも、さっきなんであんな風に泣いたか分かっているのかい。小萩は日本橋で菓子屋になる。孫の顔を見せてくれないかもしれない。だけど、それが小萩の選んだ道なんだ。この子の幸せなんだ。そう思って覚悟を決めたんだよ。あんたは、どうなんだよ。女が家を離れて一人で生きていくのは大変だよ。所帯を持つのも、自分の道を進むのも、どっちも並じゃないよ。やり抜く気持ちはあるんだろうね」

小萩ははっとした。甘い気持ちが吹きとんだ。

翌朝、おじいちゃん、おばあちゃん、幸吉にお時、時太郎に見送られて、おせんとともにに家を出た。鎌倉に着くと、おせんの息子の表具屋をたずねた。

八幡宮からほど近いところの路地に、その表具屋があった。建物は古いが趣のある見世構えである。間口は狭く、奥に細長い。奥で子供の笑い声がする。海風をはらんで藍ののれんが、誘うようにふくらんだ。

「せっかくだから、会っていきませんか」

小萩はもう一度声をかけたが、おせんは首を横に振る。仕方ないので小萩一人で見世に行った。訪うと奥から男が出て来た。おせんの息子だ。言葉通り、形のいい鼻をしたなかなかの男前である。

小萩はおせんと日本橋から来て、今日帰ること。昨日は、実家の旅籠に泊まってもらったことを告げた。

「それじゃ、母はそちらに泊まったんですか。いや、よかった。鎌倉じゃ知り合いもいないし、どこに行ったのかと心配していたんですよ」

小萩は栗羊羹を差し出した。

「おせんさんから桐さんは甘い物がお好きだってうかがったので。栗羊羹です」

男が呼ぶと、子供を背負った女が出て来た。うりざね顔に切れ長のきれいな目をしている。ほとんど美人といっていい。だが……。

鼻である。惜しいことに少々上を向いている。ほかが整っているだけに目立つ。本人も気にしていることだろう。

背中の娘は……。

かわいらしい、小さな鼻だ。母親に似ているといえば似ている。しかし、子供の鼻はみんな低いではないか。

「おふくろは今日帰るそうだ。おまえにってさ」

男は桐に羊羹を手渡した。桐は意外そうに眼をしばたたかせた。

「あたしが甘い物が好きだってこと、知っていたんだ……」

「一緒の家に住んでいたんだ。それぐらい知っているさ。あたりまえだよ」

男が言った。桐はしばらく羊羹をながめていたが、つと顔をあげた。

「ちょっと待ってください」

桐は中に入ると、小萩に小さな袋を手渡した。

「道中安全を祈願（きがん）した八幡宮のお守りです。ひとつはお姑（かあ）さんに渡してください。もらいっぱなしっていうのは、嫌だから。これで貸し借りなしってことで」

桐がきっぱりとした言い方をする。守り袋は手作りらしく、紺地に白菊の模様が入ったものと茶色に紅葉（もみじ）の柄と二種類あった。

「かわいらしい、きれいな袋ですねぇ」

小萩は感嘆の声をあげた。

「こういう端切れはいっぱいあるんですよ。なんてったって表具屋だから」

男が笑う。その視線が小萩の背後に向かう。

振り返ると、向かいの家の陰におせんの姿がある。本人は隠れているつもりかもしれないが、丸見えだ。

「まあ、今度来るときは前もって文でも送れと伝えてください。こっちにも都合があるから」

男がおせんに聞こえるように、大きな声で言った。

街道を歩き始めて、しばらくしておせんが言った。

「羊羹、ありがとうね。やっぱり菓子はいいね。菓子折りがなかったら、機嫌を直してもらえなかった」

「そんなことはありませんよ。向こうもどうしたのかと、心配していたんですよ」

「そうかねぇ」

「気づいていなかったんですか？　桐さんはちゃんと、お孫さんの顔が見えるように立っていましたよ」

小萩は穏やかに言う。秋の日が街道沿いの木々の葉を明るく照らしていた。

「そうか……。うん、そうだった。孫の顔、ちゃんと見えた」

おせんはうなずく。

それから二人は黙って歩いた。荷物をかついだ飛脚(ひきゃく)が、足早に追い越して行った。その背中を見送りながら、おせんが言った。

「本当の親子みたいになりたかったんだけど、それは難しいね」

「そうですね。もう少し時間がかかるかもしれないですね」

「そうだねぇ」

おせんはなにか考えている。

上り坂になって、二人の息があがった。

「鼻のことはね、もう言わない。やっぱりね、あたしも悪かった。嫁もさ、気にしているんだよ。今、気がついた」

「分かってよかったですね」

「意地悪じゃなかったんだよ。冗談のつもりだったんだ。ほんとだよ」

「分かっています。少し急ぎましょう。日が暮れるまでに保土ヶ谷に着きたいから」

小萩はおせんを急き立てた。

しばらく歩くと、今度は下りになり、やがて海が見えた。強い風が吹いて松林が高い音をたて、高い波がたっていた。

「あれ、ずいぶん荒れているねぇ」

おせんが言った。

「これがこっちの海なんですよ。静かなときもあるし、荒々しいときもある。いろんな顔を見せるんです」

江戸の海は内海だから、眠っているように静かだ。だが、こちらの海はもっと荒々しく、磯の香も強い。高い波は岩をたたき、夏の日差しは肌を焼き、冬の氷雨が頬に突き刺さる。時にやさしく、時に荒々しい。人の力の及ばない大きな強い力を秘めている。それが小萩の思う海だ。

「きれいな海だ。そうか、あんたはこの海を見て育ったのか」

おせんは足を止めると、ひと息ついた。

「私が最初に自分だけでつくった菓子は、この海の朝焼けの景色だったんです」

幹太に誘われて、なにをつくろうかと考えたとき、心に浮かんだのはふるさとの朝焼けだった。

鈍色(にびいろ)の海に太陽が顔を出すと、海は深紅に染まり、空も、雲も紅、黄、青に輝く。ほんの一瞬、天地が華やかな色の饗宴(きょうえん)となる。

「私の真ん中には、いつもこの景色があるんだって気づきました」

小萩は言った。

「じゃあ、大事にしなくちゃいけないね。この景色を」

おせんはうなずいた。

江戸で生きていく。

そう決めた。そう宣言した。家族も背中を押してくれた。

その旅ははじまったばかりだ。

小萩は強い足取りで歩きだした。

喧嘩（けんか）別れはおはぎの味

一

ふるさとでの二日を過ごして、小萩は牡丹堂に戻った。日本橋に着いたのは夕方だった。

「なんだ、小萩、もう、戻って来たのか？」

小萩の姿を見た幹太は大きな声をあげた。ほかのみんなも仕事の手を休めて集まって来た。

「おじいさんの様子はどうだ？　容態は落ち着いたのか？」

徹次がたずねた。

「それが……」

戻ってみたらおじいちゃんは元気で、これからどうするつもりかとたずねられたことを話した。

「私は来年十九になるでしょ。そろそろ戻って来てもらいたいみたいで……。でも、私は、せっかく小萩庵という看板を出させていただいたんだから、もっといろいろなことをやってみたい。ようやく少しは見世の役に立つようになったしって言って、みんなにも分かってもらいました」

小萩は言葉に力をこめた。

「なあんだ、そういうことか。心配しちまったよ」

幹太が笑う。

「おじいさまがご無事でよかったですね」

須美が笑みを浮かべる。

「つまり、かわいい孫娘の顔が見たくなったんだな」

留助がうなずく。

「早く帰って来てくれてよかった。小萩庵のお客が待っているんだ」

伊佐が真面目(まじめ)な顔で伝える。

「帰ってきてくれてうれしいです」

清吉が頰を染めた。

「せっかく帰ったんだから、もっとゆっくりして来たってよかったのに」

お福が言えば、「長旅だからなぁ」とちょうどその場にいた弥兵衛が続ける。

そんな中で、徹次だけが少し複雑な表情をしていた。

「そうか、小萩は来年十九か」
そんな言葉を繰り返していた。

伊佐が言ったとおり、小萩が留守の間に小萩庵をたずねて来たお客がいた。日本橋の油屋の大升屋の内儀、銀である。

「子供のころ、ふるさとで食べたおはぎをつくってほしいということだった。なんでも、ちょっと変わったおはぎらしい。小萩が戻って来たら、たずねさせますと言ってある」

徹次に言われて、翌日小萩は大升屋をたずねた。

大升屋は主人の権太郎が一代で起こした見世である。権太郎は五十半ばと聞く。白い蔵造りに破風をおいた立派な見世で、裏には蔵が三つもあるという。升の字を染め抜いた藍ののれんの奥は、いつものようにお客でにぎわい、手代たちが忙しそうに立ち働いていた。

裏に回って用件を告げると、女中が奥に案内してくれた。

長い廊下をつたって住まいに行き、座敷で待っていると銀が現れた。

年は四十をいくつか過ぎているだろうか。白い小さな顔に半月の目、ふっくらとした頬、小さな丸い鼻をしていた。

小萩は白い木綿のような人だと思った。何度も水をくぐり、やわらかく肌になじみ、よい香りがする。絹のような派手さはない。けれど、人をほっとさせるやさしさがあった。

「わざわざ、お運びいただいて申し訳ありません」

銀はていねいに礼を言った。

「こちらこそ、不在にしておりまして失礼をいたしました。おはぎをお求めとうかがいましたが」

小萩はたずねた。

「主人は子供のころ食べた、母のおはぎが食べたいそうです。江戸のものと違い、ご飯がなめらかで少し粘りがあるけれど、お餅とは違ってあっさりだけどもちもちしている。外は家で炊いた小豆のつぶしあんで、あまり砂糖は入っていなかったけれど、当時はとても甘くおいしく感じたそうですが」

「お母さまの思い出の味なんですね」

「私も何度かつくってみたのですが、どれも違うと言われてしまって……。それで、川上屋の若おかみ、お景さんにご相談したらこちらをご紹介くださいました」

銀は答えた。

「権太郎さまはどちらのお生まれなのでしょうか」

小萩はたずねた。

「常陸の国です」

「海と山があって、おいしいものに恵まれた土地だそうですね」

小萩が言うと、銀は首を傾げた。

「山深い土地だったと聞いています。早くに里を出て、それからは、人には言えない苦労をして今の身上をつくりました。つねづね、ふるさとにはいい思い出がないと申しておりましたが、やはり、年を取ると、昔のことが懐かしく思えるようです」

銀は低い小さな声で答えた。

「おはぎのことは、ほかには何か聞いていらっしゃいますか」

「とくに、何も。見かけはふつうのおはぎと同じだそうです」

手掛かりはあっさりだけどもちもちとするご飯の部分だけか。

「少しお時間をくださいませ。常陸の国のおはぎについて知っている方がいらっしゃるかもしれません。調べてみます」

小萩はそう伝えた。

見世に戻って仕事場に行くと、徹次と伊佐は隅の方で何か話をしていて、幹太はどら焼きの皮を焼き、留助は最中にあんをつめていた。幹太が振り向いてたずねた。

「おはぎ、今度はどんな菓子を頼まれたんだ？」

「油屋の大升屋さんで、ご主人が子供のころに食べたおはぎですって」

留助は顔をあげると、大きな声で言った。

「注文って大升屋からかぁ。おい、小萩、そりゃあ、大変だぞ」

「え、そうなの？」

銀の話を聞いた限りではそんな感じはしなかった。

「おかみさんはいい人だよ。だけど、主人が難しい人なんだよ。すぐ怒るし、おまけ金に細かい。先に値段のことを決めておいた方がいいぞ」

「またぁ、そんな噂話（うわさばなし）」

小萩は答えたが、留助はもうしゃべりたくてしょうがないという顔になっている。

「権太郎って人は、苦労人なんだ。ぼて振りの油売りから、今の身上を築いた。初心を忘れないように飯は一汁一菜。汁も飯もよそわれた分だけだ。仕事のつきあい以外酒は飲まない、たばこも吸わない。朝は早い。ただし、夜は明かりの油がもったいないから、早く寝る」

主（あるじ）がこうだと使用人は大変だ。おちおち寝てもいられないし、飯が足りないと文句も言えない。耐えきれずに逃げ出す者も多いそうだ。

「唯一の趣味が貯金で、壺の中に金を貯めて毎日眺めて喜んでいるらしい……」

「うひゃうひゃってか」

幹太の言葉に、三人は声をあげて笑った。

「おい、そこの三人、余計なおしゃべりをしないで、手を動かせ」

仕事場の隅から徹次の声がかかって、留助と幹太、小萩は首をすくめた。


留助の噂話はどこまで本当か分からない。大升屋を小萩庵に紹介してくれたのは、日本橋の呉服店、川上屋だ。お景なら、権太郎の本当の姿を知っているはずだ。おはぎのことも、何か分かるかもしれない。お景をたずねることにした。

お景は川上屋の裏手に自分の見世、『川上屋景庵』を開いている。

川上屋の脇の路地を入った裏手にある見世は、わざと地味に、町家のような造りにしてある。のれんもなく、入り口も小さい。脇に睡蓮鉢（すいれんばち）があって金魚が泳いでいる。知る人ぞ知る、紹介がなければ入れない見世だ。そこがお景のねらいでもあって、そういう見世だからこそ通いたいという通人（つうじん）を相手にしている。

小女に告げると、お景が出て来た。

座敷に通され、手みやげの生菓子とともに、権太郎のふるさとのおはぎの注文を受けたことを告げた。

「へぇ、ふるさとのおはぎ？　めずらしいわね。あの方、ふるさとの話は一切されないのよ。いい思い出がないからって」

お景は首を傾げた。

「たしか、ぼて振りから身を起こされたとか……」

「そうなのよ。地主の家だったけれど、九歳のときにおとうさまが人にだまされて一切を失って、そのおとうさまも三年後に亡くなったの。財産がなくなると、今まで家に寄って来てた人たちが手の平を返したように冷たくなった」

十二歳で世間の冷たさを知ったわけである。悔しさを跳ね返すように人の二倍、三倍も働き、油の商いで一角の者となった。

「そうなると、以前、自分に冷たくした人がまたあれこれ言ってくるんですって。結局みんなお金が目当てなの。あの方のことを頑固だとか、変わり者とか、世間じゃ言うけど、子供のころから世の中の裏表を見て来たから、しょうがないのよ」

「それはお気の毒ですねぇ」

「とくにね」

そう言うと、お景は声をひそめた。

「板橋宿に弟さんが一人いらっしゃるの。その弟さんが悩みのたねなのよ。あれこれ商いに手を出すけど、どれもうまくいかなくて、結局、お兄さんに頼るわけ。血を分けた弟だし、年取ったおかあさまの面倒を見ているから無下にもできない。あいつは俺に会いたいんじゃない。俺の金の顔が見たいだけだって、一度こぼされたことがあるのよ」

お景は小萩の目をのぞきこんだ。

「他人の家のことをよくそんなに知っているもんだって思うでしょ。でもね、これが商いなの。あたしは、お姑さんからそれを教わった。そういう話が聞けるくらいになってやっと、本当にその人が欲しいものが分かるのよ」

菓子屋も同じだ。

お客の言葉の裏に隠された思いに気づいて、はじめて心に届くものができる。

「食べ物では、どんなものがお好きなんですか？」

「とくにはね。だって、あの方は一汁一菜でぜいたくはしないのよ。お菓子も、めったに召し上がらないって聞いたわ」

意外にも留助の噂話はかなり正しかった。少なくとも、世間は権太郎をどう見ているかはよく分かる。

「飯も食わずに倹約して、壺に小判を入れて眺めて喜んでいるなんて、面白おかしく言う人もいるでしょ。でも、それは違うのよ。大升屋のご主人はけちじゃないの、理にかなった使い方をするのよ。その証拠に、あの方は昔から牛首紬を着ているのよ」

牛首紬は加賀白山の山村で織られている上等の紬である。二頭の蚕がひとつの繭をつくる玉繭を使うので、美しい光沢がある。それだけではなく、釘に引っかけても破れず、釘のほうが抜けるといわれるほど丈夫なのだ。

「安かろう悪かろうならけちだけれど、上等なものを手当てしながら長く着るのは始末。それは全然違うものなのよ」

権太郎が最初に川上屋を訪れたのは三十年前。神田に最初の店を出したときで、それ以来の顧客である。

「当時の大升屋さんにしたら、牛首紬は分不相応な買い物に思えるけど、どこに着ていっても恥ずかしくないし、長く着られるから結局は得だわ。舅は『あの人は出世する』って言ったそうよ。あれこれ数は買わないから、売り上げだけを考えたらいいお客さんではないけど、お姑さんも亭主もあの人のことはほめる。大事に着てくれるのがうれしいのよ。ね、お内儀に会った？　すてきな人でしょ」

「はい。そうですねぇ、私は上等の木綿のような人だと思いました」

お景は手を打って喜んだ。

「うまいことを言うわねぇ。その通りよ。飾らないし、やさしくて働き者。お子さんはいらっしゃらないけれど、権太郎さんと銀さんは仲がいいのよ。うらやましくなるくらい」

お景に会って、権太郎の人となりは分かったが、相変わらずおはぎの調べは進まない。見世に戻った小萩は仕事場の隅に座って菓子の本を開いた。『古今名物御前菓子秘伝抄』は、享保の時代に京都の本屋がまとめたもので、有平糖にかるめいら、饅頭に羊羹、柏餅にちまきと、さまざまな菓子のつくり方が載っている。

たとえば、栗の粉餅は栗を焼いて身を取り出し、ふるいにかける。それを、つきたての餅を丸めたものにまぶすのだ。

なかなかおいしそうである。

蜜柑餅というのもある。これは白米を粉にしてくちなしで黄色く染めて湯でこねて蒸し、白砂糖を包んで蜜柑の形にするというもの。

かわいらしい菓子である。

けいらんというのは、汁物だ。味噌風味の汁の中に小さな甘い餅を入れる。吸い口は胡椒か山椒を使う。

どういう味がするのだろう。小萩は小首を傾げた。

どれも名前が面白いし、つくり方を読んであれこれ考えてしまうので、なかなか進まない。

「何を見ているんだ」

徹次がたずねた。

「大升屋さんに頼まれたおはぎのことを考えていたんです。江戸のものとはご飯が違うそうなんです」

「ご飯が違うか……。たしか、付粉餅（つけこもち）というのがあったぞ」

付粉餅というのは、大唐米（だいとうまい）、つまり赤米（あかごめ）をついて餅にして丸め、あんでくるんだもの。赤米のあんころ餅である。

「お内儀によると、なめらかで少し粘りがあるけれど、お餅とは違ってもっとあっさりとしているそうなんです」

「それじゃあ、付粉餅とは違うな。赤米は粘りが少ないんだ。それに、名前の通り赤い。ふつうに白い色をしているんだろ」

「おそらく。色については何もおっしゃっていませんでした」

小萩は答えた。

「おはぎというんだから、ご飯粒が残っているんだろうな。とすると、炊き方か。もち米は蒸すのか、別の方法があるのか」

首をひねっている。

二人で話をしていると、幹太や伊佐、留助が加わった。

「あっさりしているというんだから、白米を使うんじゃないのか」

伊佐が言う。

「もち米と白米を混ぜるとか」

留助が思い付きを口にする。

「ご飯粒じゃなくて、そぼろになっているんじゃねぇのか。このういろう餅ってやつは、少し粒になっているよ」

幹太がまた、新しいことを言い出す。

その後、小萩はみんなの意見を取り入れてあれこれ試してみたが、思うようにならなかった。

井戸のところで使った鍋や蒸籠(せいろ)を洗っていると、幹太がふらりとやって来てたずねた。

「伊佐兄(にい)を見かけなかったか」

「ううん。ここへは来なかったわよ」

「そっかぁ。聞きたいことがあったんだけど、姿が見えねぇんだよ。なんか、このごろ、なにも言わずに昼間どこかに出かけてることが多いんだよな」

「親方にも黙って？」

律儀（りちぎ）な伊佐のことだ。勝手に持ち場を離れることはないはずだ。

「一応は断っているけど、理由は言わないらしい」

「そうなの……？」

「女じゃねぇのか」

「まさかぁ」

どきりとした。

「心配だろ」

幹太が顔をのぞきこむ。

「私には関係ないです」

小萩がにらむまねをすると、幹太は逃げていった。


その日、小萩はお福について買い物に出かけた。このごろは須美がついて行くことが多いのだが、たまたまその日、須美は実家に用があっていなかった。

「あら、牡丹堂のおかみさん、お久しぶり」

声をかけてきたのは、日本橋の質屋、丸笹のおかみだった。よもやま話の中で、ふと思い出したように、丸笹のおかみが言った。

「そういえば、このごろ何度か、お宅の職人さんがうちに来ているわ。質草に菓子の本を持って来たの。大事な本だから必ず取りに来ます、流さないでくださいって言われたけど、もう、三冊ほどになったのよ。職人さんにとっては、とても大事なものなんでしょ。まじめそうな人だから、こっちも信用はしているんだけど」

お福の眉根が寄った。

「どんな男ですかね」

「若い人よ。やせて背の高い」

伊佐だ。小萩は思わず目をあげてお福を見た。お福はいつもと変わらない様子で、丸笹のおかみに軽く頭を下げた。

「そうですか。そんなことがあったんですか。教えてくださってありがとうございます。申し訳ないですが、私からもお願いします。そちらのご都合もあるでしょうが、流さないでくださいませ。金子のことは、こちらでも考えますから」

丸笹のおかみと別れると、お福は渋い顔になって足早に歩きだした。

伊佐はまじめな男だ。酒もあまり飲まない。もちろん、かけ事にも縁がない。飯は見世で食べるから、かかるのは長屋の部屋代。あとは『御前菓子秘伝抄』のような菓子の本を買うくらいだ。職人向けのものは値段も高いから、伊佐は時間をかけて、少しずつ集めている。

そうしたものとは別に、たとえば、何か、突然金が要るようなことが起こったとしたら、徹次やお福に相談すればいい。

それをしないで質屋に行くというのは、内緒の金なのだ。

お福はつと、足を止めると、後ろの小萩を振り返った。

「小萩、あんた、伊佐からなにか聞いていないのかい」

「とくには……、なにも……。あの、でも、幹太さんが言っていたんですけど、伊佐さんはこのごろ、昼間、出かけていくことがあるんです」

「出かけるって、どこに」

「……それは分からないです」

「そのことは徹次さんは知っているのかい？」

「そうだと思いますけど……」

「ふうん」

お福はしばらく考えていた。

「分かった。あんたはこのことをしばらく黙っておいておくれ。幹太にも言うんじゃないよ。あたしは徹次さんに聞いてみるから」

お福は早口で言った。

そうは言われても、小萩は気になって仕方がない。

なにしろ伊佐のことなのだ。

見世に戻ると、すぐに仕事場に行った。伊佐がいた。いつものように生真面目な様子で生菓子を仕上げていた。

夕方、小萩が見世を閉めていると、幹太がふらりとやって来た。

「聞いたよ。伊佐兄は金に困っているんだって。大事な菓子の本を質に出したんだろ」

小声でささやいた。

「どうして知っているの？」

「ばあちゃんと親父が話しているのが聞こえたんだ。ばあちゃん、声が大きいから座敷で話していても外まで響く。親父は、伊佐兄がどこかに出かけていることは気づいていたけど、別になんとも思っていなかったらしい。仕事もちゃんとやっているし、伊佐兄はああいう男だから信用してるんだな。今さっき、親父に聞かれた。『伊佐がどこに行くのか知っているか』って」

「なんて答えたの？」

「知らないもんは知らねぇよ。おかしいなとは思っていたけどさ」

そう言って、幹太はちろりと天井に目をやった。

「たぶん……、おふくろさんだろ。おふくろさんがまた、現れたんだ」

小萩は目を見張った。

伊佐の母親は伊佐が七つのとき、突然家を去った。長屋に一人残された伊佐は戻らぬ母親をひたすら待ち、倒れているところを近所の人に発見され、牡丹堂に引き取られることになった。

長い間行方知れずだった母親が突然現れたのは二年ほど前のことだ。金に困った母親は、伊佐をよその見世に移らせ、その支度金を手に入れようとしたのだ。

だが、あの話はお福や徹次が動いて伊佐が関わらないですむよう話をつけたはずだ。

「だけど、ほかに考えられねぇよ。伊佐兄が大事にしている菓子の本を質屋に出すなんて、よっぽどのことだぜ」

そのよっぽどのことが伊佐に起こっている。

小萩は唇を噛んだ。

「今度、伊佐兄が出かけたら、ふたりで後をついて行ってみねぇか。どこに行くのか、だれに会うのか確かめるんだ」

幹太が誘う。

「そうね。そうよね。分かったわ。私もいっしょに行く」

小萩は小さく何度もうなずいた。胸がどきどきしてきた。


その機会は翌日、すぐにやって来た。

そのとき、小萩は大福につかうえんどう豆をゆでていた。

「おはぎ、伊佐兄はきっと出かけるぞ」

幹太が小声でささやいた。

見ると伊佐は水に浸した道明寺粉を蒸している。道明寺粉はもち米を蒸してから干して粗めにひいたものだ。もちもちとして、ほどよい粘りと独特の食感があるので、関西風の桜餅や道明寺羹に使われる。どうやら、今回は菊の菓子をつくるつもりらしい。

「これから、菓子をつくるところじゃないの」

小萩は言った。

「道明寺だろ。あれならすぐ終わっちまうよ」

伊佐はこしあんを丸めて玉にし、蒸した道明寺粉で包み、黄色く染めた煉り切りを中央においてしべにしている。留助も加わり、二人は手慣れた様子で次々と菊を仕上げていく。

だが、小萩はえんどう豆をゆではじめたばかりだ。やわらかくなるまで、まだしばらく時間がかかる。

菊はどんどん出来上がる。

「おい、そろそろだぞ」

幹太がやって来てささやく。

鍋の中では、固いえんどう豆が躍っている。

いつもながら小萩は間が悪い。

「留助さん、悪いな。ちょっと抜けてもいいか」

伊佐が立ち上がった。

「ああ。構わねぇよ。今日はそんなに忙しくねぇから」

留助が答える。

幹太はすばやく、そこらを片付け始め、自分も出かける準備をする。小萩のほうに合図を送って来た。しかし、小萩は鍋から離れられない。

伊佐が出て行き、一呼吸おいて幹太も用意を終えた。

「なんだよ。おはぎ、なにやってんだよ」

幹太が口をとがらせた。

「だって……」

声を上げたら、留助が小萩の横に来た。

「伊佐の行き先を見届けて来るんだろ。こっちはいいから行って来い」

――どうして……。

「知っているの」という言葉を飲み込んだ。

「それぐらいわかるさ」

留助に追い立てられるように、二人は牡丹堂を出た。

浮世小路から大通りに出た伊佐は神田の方に向かって歩いていた。前を向いて急ぎ足で進む。

二年前、伊佐の母親は人形町で働いていた。

細い路地に互いに寄りかかるように小さな飲み屋が並ぶ一角だった。夕暮れ時で、見世の入り口には明かりが灯り、どこか怪しげな風情を見せていた。

客を送って見世の表に出て来た伊佐の母親は、化粧が落ちた顔が青白くむくんで、ひどく疲れて年老いて見えた。体全体にくずれて投げやりな感じが漂っていた。

母親は突然、伊佐に声をかけて来たという。しかし、それは、ただ、懐かしいだけで声をかけて来たのではなかった。徹次やお福が知らないうちに、伊佐がよその見世に移るという話が進んでいた。

小萩は、ちょうど江戸に出て来ていた母のお時に相談した。

お時はきっぱりと言った。

――母親と縁を切るんだね。……同じ女として言わせてもらえば、母親を武器にしちゃいけないよ。男は騙してもいい。騙される方が悪い。けど、息子を騙しちゃだめだ。伊佐は情の篤い男だから、母親を捨てられない。なんとかしたいと思う。だから、足をすくわれる。ずぶずぶと深みにはまっていく。自分が破滅すると分かっていても、母親に手を差し伸べようとする。

あの時、お福や徹次が動かなかったら、今頃、伊佐はどうなっていただろう。

伊佐はまた同じことを繰り返すつもりなのか。母親は、今度は伊佐になにをさせようというのだ。

小萩は腹が立った。

「ねぇ、親なら、子供のことを考えるものでしょ。どうして、伊佐さんのおかあさんは伊佐さんを苦しめるようなことばかりするのかしら」

「まだ、おふくろさんだって決まったわけじゃねぇだろ」

　幹太は突き放すような言い方をした。

「昨日、幹太さんはそう言ったじゃないの」

「そうじゃないかって言っただけだよ。そうだとしてもさ、おはぎが今、ここで怒ったってしょうがないだろ」

　幹太にたしなめられても、小萩の気持ちは収まらない。

「だって、伊佐さんがかわいそうなんだもの。そんなのひどすぎる。伊佐さんだって少し考えたらいいのよ」

「他人(ひと)には分からないことだってあるんだよ」

「じゃあ、なんで、私たちは伊佐さんを追いかけているわけ？　考え直してもらうためじゃないの？」

　小萩はいらだって叫んだ。

「うるせえなぁ。大きな声を出すなよ」

「でも……」

このまま伊佐はいつまでも母親に振り回されるのか。伊佐だって、いい加減、気づいたらいいのに。少しだらしがないのではないか。親方もお福も分かっていてどうして何もしないのだ。今度こそ、本当に伊佐がだめになってしまう。

「ねぇ、幹太さん」

「気が散るじゃねぇか。少し、黙っていろよ」

「あのね……」

「しまった。伊佐兄を見失った」

幹太が叫んだ。

二人でもめている間に伊佐の姿を見失ったのだ。

「おはぎが隣でがたがた言うからだろ」

「ごめんなさい。だって……」

「女はすぐ、だってとか、でもとか言うんだよな。もう、おはぎと来るのはやめだ。今度からは俺一人で捜す」

幹太は怒って帰ってしまった。

小萩は取り残された。あたりを見回したが、伊佐の姿はない。

仕方なくとぼとぼと帰り道を歩いた。

気になって仕方がないが、ここで今、あれこれ考えてもわからないことはわからないのだ。そんな風に思い直した。

気づくとよく知っている道に出た。牡丹堂とも親しい菓子屋、千草屋（ちぐさや）の近くだった。伊佐のことはひとまず置いて、今やすっかりおかみとなったお文（ふみ）をたずねることにした。

千草屋の見世の近くまで来ると、風にのって卵と砂糖の甘い香りが運ばれてきた。どうやら「福つぐみ」を焼いているらしい。

福つぐみはどら焼きの皮に似たやわらかな生地であんをはさみ、三角に折ったものだ。真ん中がぷくりと膨らんでかわいらしい姿をしている。お文が見世の者たちといっしょに考えた菓子で、たちまち人気になった。次つぎお客が来て、五個、十個と買っていく。

見世にお文の姿があった。

「こんにちは」

小萩が声をかけると、お文がぱっと顔をあげた。

「まあ、小萩さん」

職人見習いの一太（いちた）にお客の相手をまかせて、見世の脇から顔を出した。藍色の着物に藍色の帯をしゃきっとしめたお文は、見世を仕切るおかみの顔をしている。うりざね顔に大きな黒い瞳、すっとまっすぐな形のいい鼻。人目をひく小町である。

「福つぐみ、人気ですね」

「おかげさまで。そうそう、以前、小萩さんが言っていた色の黒いお侍さん。このごろ、よく来てくださるのよ」

「杉崎さま？」

「そうそう。福つぐみを買って、見世の脇でむしゃむしゃ食べているの。それでね、前を人が通るでしょ。そうすると、この菓子はおいしいですよ。食べた方がいいですよって勧めるの」

杉崎は山野辺藩の留守居役である。重職にあるらしいのだが、藍色の古びた着物で、髷が横を向いているから、とてもそうは見えない。菓子が好きらしく、牡丹堂も懇意にしてくれている。

「杉崎さまがほめてくださったんなら本物。よかったわねぇ」

「ありがとうございます。でね、焼いている匂いに誘われてお客が来るから、盛大に匂いを出しなさいって杉崎さまに言われたの。その通りにやっているんだけど、どうかしら？」

「さすが杉崎さま。私も匂いに誘われた。いいことを教えてくれるわ。あ、そうだわ。今、少し変わったおはぎの注文があるんだけど、ちょっと知恵を貸してもらえないかしら」

「私でいいの？　どんなこと？」

お文はかわいらしい様子で小首を傾げた。

「子供のころ、おかあさんがつくってくれたおはぎを食べたいという注文なの。常陸の国の生まれなんだけど、江戸のものより、なめらかで少し粘りがあるけれど、お餅よりあっさりとしているそうなの」

「粘りがあって、あっさり……。難しいわねぇ。もち米に何か混ぜているのかしら。たとえばね、白玉団子に豆腐を混ぜると、固くならずにもちもちした感じが続くの。だから、ご飯に豆腐を混ぜて炊いたらどうかしら」

「なるほど、豆腐ねぇ……」

問題は豆腐の水気をどうするかだ。

「あ、そうだわ。北の方じゃ、ご飯に大根を炊き込んで食べるそうよ。大根飯っていうんですって。私はごぼう飯が好きだけど」

「大根飯、ごぼう飯……」

なんだか違う。

「味がつかない方がいいのよね。ううん、難しいわ。味がないなら……、こんにゃくとなんだか、だんだん遠くなっている気がする。

か」

「ありがとう。ご飯に何かを混ぜるってことで、少し考えてみる」

小萩は礼を言った。

二

台所に行くと、須美が里芋の皮をむいていた。夕餉の煮物にするらしい。

「おはぎのこと、なにか分かった？」

須美がたずねた。

「まだ、ほとんど。千草屋のお文さんにはご飯に何か混ぜてみたらと言われたんだけど」

「たとえば、どんなもの？」

「豆腐とか、大根とか……」

「白いからおこわに混ぜても分からないわね」

須美は手早く里芋を六方にむいていく。茶色の皮の下から真っ白な芋が姿をあらわした。ねばりがあって、煮ればつるりとなめらかだ。

「ねぇ、里芋をやわらかく煮て、おこわに混ぜてみたらどうかしら」

小萩は思いつきを口にする。

「あら、いいんじゃない？　里芋は体を温めると、北の方ではよく食べるそうよ」

須美は知識を披露した。

すぐに小萩は試してみた。里芋をやわらかく煮て、おこわに突き混ぜてみたのだ。あんをまぶしておはぎにする。仕事場のみんなに一口ずつ食べてもらった。

「どう思う？」

「たしかにねっとりだな」と留助。

「でも、芋だよ」と幹太。

「まずくはないよ。あんこの味があるし」と伊佐。

「悪くないな。これで、一度持っていってみろ。こういう感じでいいですかって、おうかがいを立てるんだ」

徹次が言った。

小萩は大升屋をたずねた。里芋を使ってもちもちさせてみたというと、この前とは違う、床の間のある大きな座敷に通された。待っていると、銀とともに主人の権太郎が現れた。

骨の太い大きな体で、えらのはった四角い顔でぎろりと動く大きな目玉をしている。

「おはぎができたそうだな」

権太郎は太い力のある声でたずねた。

「お気に召しますか、どうか。一度、召し上がっていただけたらと思い、持参しました」

小萩の声はつい小さくなる。助けを求めるように、権太郎の傍らに控える銀を見た。

「私の説明が十分でないので、二十一屋さんもご心配なのでしょう。あれこれ迷うより、食べていただいたほうが分かりやすいかと」

「ふうん。そうだな」

女中がお茶を持ってくると、銀はおはぎを銘々皿に移した。権太郎は黒文字を中央にざくりと入れた。

「ふうむ」

大きな目玉でじっくりと眺めていたが、おもむろにぱくりと口に入れた。

「おこわに里芋を混ぜています。寒い所では体を温めるので里芋をよく食べるとうかがいましたので」小萩の説明を聞きながら、権太郎は中空をにらみ、口をもぐもぐと動かした。茶とともに飲み込むと、言った。

「大方はよい」

小萩はほっとして息を吐いた。

「そうか。里芋か。たしかに、汁にも入っていたし、煮転がしもよく食べた」

権太郎はうなずいた。

「だが、わしが思うものとは少し違う。もっとねっとりしてきめが細かい。それでいて、あっさりしている」

どこをどう変えればいいのだろう。小萩は頭の中で、あれこれ算段する。

「江戸とは里芋が違うのかもしれませんねぇ」

銀が言葉を添える。

「そうだな。こちらとは気候が違うから、里芋の質も変わってくるだろうな。常陸の里芋でないと、あの味にならないのか」

権太郎が少し落胆したようにつぶやく。

「いいえ。せっかくのご依頼です。おっしゃるような里芋を探してみます」

「うーん、手に入るかなぁ」

「これはこれでおいしいですよ。このおはぎで、よろしいじゃないですか。ねぇ」

銀が権太郎に声をかける。

「しかし、なぁ」

権太郎は心残りがありそうだ。

三人はそれぞれの思いで、空いた皿を眺めている。沈黙が流れた。

「あの……、ひとつ、うかがってもよろしいでしょうか」

小萩はたずねた。

「なんだ」

「どうして、ふるさとのおはぎを召し上がりたいと思ったんですか」

食にこだわりがない。しかも、ふるさとにはいい思い出がない。それなのに、なぜ、ふるさとのおはぎを食べたいというのか。

権太郎は「ううむ」と言ってうつむいた。そのまま、じっと黙っている。まずいことを聞いてしまったのだろうか。小萩はどきどきした。

権太郎はついと顔を上げた。

「わしがふるさとを出るとき、母がおはぎをつくってくれた。そうやって、ふるさとと別れた。あのとき、体はふるさとと離れたが、わしの心はまだ、ふるさとにあった。おはぎの味が、わしをふるさとにつないでくれていた」

大きな目玉がぎろりと動いた。

「だが、今度こそ、本当にふるさとと縁を切ることにした。心も戻ることはない」

一体何があったというのだ。

小萩は身構えた。

「わしの父は裕福な土地持ちだったが、人に騙されて財産を失い、病で死んだ。だからわしは十二で奉公に出た。板橋に叔父がいて、その口利きで油屋の小僧になった。だが、二十年働いてやっと番頭になれるかどうかだと気づいたら、馬鹿らしくなった。奉公人はしょせん奉公人だ。自分で商いをしなくては、だめだ。そう思って、見世を出た。それからは、ありとあらゆる仕事をした。三日を水だけを飲んでしのいだこともあったし、神社の床下で寝起きしていたこともある。ようやく、運が回って来たのは二十五の時だ」

銀は目を伏せ、静かに話を聞いている。権太郎の苦労に想いを馳せているようだった。

「父が亡くなったとき、弟の安二郎は五歳だった。幼かったので母親の元におかれた。その後、母親は常陸で小間物屋を営む親戚の家に身を寄せた。弟はやさしげな顔立ちをしている。末っ子だから機転が利いて人懐っこい。みんなにかわいがられた。その家は子供がいなかったので、一人前になった弟に見世が譲られた。小さな見世だが、それなりに実入りがあった。そのころ、わしの商いも大きくなっていた。安二郎はわしがうらやましかったんだろうな。自分も二十五になったとき、江戸に出て来たいと言った。わしは止めた」

だが、安二郎は常陸の見世をたたみ、年老いた母親や妻子を連れて江戸に出て来た。権太郎が骨を折ってやって、見世を構えた。

「生き馬の目を抜くといわれるのが、江戸の商いだ。田舎でのんびりやっているのとは違う。最初は苦労したらしい。だが、安二郎も女房も一生懸命だったんだ。弟は人あたりがいいし、目端がきく。田舎者でなまりがあるが、それもうまく使った。まじめで働き者だと評判もついて、目新しい、流行りの品を並べて上手に売った。見世は流行った。だが、それで調子にのったんだな」

見世を広げ、人を雇う。二軒目を出してその見世もうまくいった。板橋宿でも少しは名を知られるようになった。そうなると、周囲から旦那さん、旦那さんと持ち上げられ、遊びを覚えた。商いは古参の番頭に任せっきりになった。

ある日、番頭が金を持って消えた。帳簿を調べてみると、あちこちに借金をしている。新しいほうの見世を手放して仕切りなおしをしようとした矢先、もらい火で見世が焼けた。

「弟が突然、現れ、わしに金の無心をした。必ず返すと約束したので、かなりの金を用意した」

初心に戻って地道に商いをすればよかったが、安二郎は華やかな時代が忘れられない。少し頑張れば、また以前のようになれると思っている。

そういう安二郎の元には、あちこちからおかしな儲け話を持ってくる者が集まる。安二郎は次々とそうしたものに手を出し、結局、うまくいかなくて頓挫する。

「その尻拭いはわしがする。何度、同じことを繰り返せば目が覚めるのか。こんな調子ではわしはなんのために、だれのために働いているのか分からない」

権太郎はそのたびに厳しく叱責をする。

――この前、これが最後だと言ったではないか。よく、この家の敷居をまたげたものだ。お前のことは弟なんぞと思っていない。

顔を真っ赤にして怒鳴るけれど、結局は金を都合してしまうのである。

「十二の年から他人の家の飯を食って来たわしと、母とともに知り合いの家でかわいがられて育った安二郎とは、同じ兄弟でも考え方や暮らし方が違う。分かり合えないんだ」

えらの張った、押しの強そうな権太郎が淋しそうな顔をした。

「半月ほど前に、また弟がやって来た。これが最後だ、今度こそ、確かな話だと弟はわしに言った。涙を浮かべ、畳に頭をすりつけた。けれど、わしは信用できなかった。いつの間にか、弟の目は商人のそれではなくなっていた。わしの見世の者たちの目はぎらぎらと光っている。食いつきそうな顔で働いている。そうやってだれもが必死になって、しのぎを削って、ようやっと自分の食い扶持にありつけるんだ。商いとはそういうものだ。だが、弟にはそれが感じられなかった」

さんざん怒鳴りつけ、結局、いつものように金を貸した。

「わしは床についたがどうしても眠れなかった。わしは起きて、弟が泊まる宿に出向いた。板橋など、さほどの道のりではないのに、帰りが遅くなるからと弟は宿をとっていた。宿について驚いた。思いのほか立派だったからだ。部屋に行くと、安二郎は酒を飲んでいた」

権太郎はつきあい以外、酒を飲まない。

ひとつ楽をすれば、心が緩む。ひとつ贅沢をすれば、さらにと思う。人の欲にはきりがない。だから、事をなそうとするならば常に身を慎んで、自分に厳しくしなくてはならない。

そう思って暮らしてきた。

——今、この金がなければ大変なことになる。母や子供たちにも、ぎりぎりの暮らしを強いている。自分のためではない、母のためと思って工面してくれと、言ったではないか。あの言葉は嘘だったのか、金を出させるための口実だったのか。

——違う、違うよ。これは、薬みたいなもんだ。夜になると体が冷えて、一杯やらないと眠れねぇんだ。

——眠れねぇのは、昼に体を動かさないからだ。お前のその甘ったれた気持ちがすべての元だとまだ気がつかないのか。

権太郎は激高し、安二郎に詰め寄った。だまって兄の言葉を聞いていた弟だったが、ついに我慢ならなくなった。

――死んで持って行けるわけでもないのに、そんなに金が大事か。酒も飲まず、うまい飯も食わずに金を稼いで、なにがうれしい。世間じゃ、あんたのことをなんて言っているか、知っているか。人の心を持たない、どけちだとさ。

――それが兄に向かって言う言葉か。

――なんだよ、偉そうに。いいよ、分かった。金輪際、兄とも弟とも思わねぇ。いらねぇよ、こんなはした金。

安二郎は金を放り出し、権太郎はそれをつかんで戻って来た。

その後、安二郎から謝りの、母親からも取りなしの文が来たが、そのままほっておいた。やがて、ある日、弟から今後いっさいの行き来を絶つという絶縁状が届いた。

「母にもしものことがあっても報せないと書いてある。そうしたら、わしが折れると思ったのか。だが、借りた金のことはどこにもない。もともと返すつもりなどないのだ。図々しいにもほどがある。縁を切りたいのはこちらのほうだ、そう思った」

権太郎は苦々しい顔になった。

長い沈黙があった。

茶を一口飲むと、権太郎は言葉を継いだ。

「わしは、十二で家を出たときに、ふるさとを捨てたのだ。弟を助けたいと思っていたが、結局、嫌な思いをすることになった。家族のことは、もう、たくさんだ。私のことは死んだものと思うそうだ。わしも、それでいい。ほんの一筋残っている未練を、ふるさとのおはぎを食べて断ち切りたいのだ」

秋の日が座敷に長い影をつくっていた。小萩はさりげなく部屋をながめた。柱も天井も上等なものなのだろう。だが飾りはなく、床にあるのは土色の備前(びぜん)の花生け。一輪の白菊が目に染(し)みた。どこからか鳥の声が聞こえた。

権太郎は怒りと淋しさがないまぜになった暗い目をしていた。

三

常陸にいい里芋があると、出入りの八百屋が言った。里芋は日があたらない、湿った土地が合うのだそうだ。山に囲まれて日が早く陰り、ほかの野菜が育ちにくい畑がむしろ、里芋には向いていると八百屋が教えてくれた。

小萩は神田の青物市場、通称やっちゃ場に行ってみた。

「葛飾のじゃ、だめなのかい。いい芋がいっぱい入っているよ」

八百屋の小僧は言った。

近場でいいものが手に入るから、わざわざ遠くからは仕入れないのだそうだ。

がっかりして歩いていると、道の先に伊佐のやせて骨ばった背中が見えた。

この前、姿を見失ったあたりである。小萩は思わず走り出した。

伊佐は右に折れ、左に折れ、進む。突然、ひょいと姿が消えた。

右は堀で左は蔵が並んでいる。どこに消えたのか。

もう一度、あたりを見回すと、蔵と蔵の間に細い路地がある。そこに入っていったのだろうと見当をつけて路地を進むと、すぐ塀に突き当たった。

行き止まりである。

間違ったか。

引き返そうとすると、目立たない小さな戸があることに気がついた。重い戸だったが動かないわけではない。力を入れて引くと、戸が開いた。木立が茂る中を抜ける道がつながっている。小萩は足を踏み入れた。

しばらく進むと、広いところに出た。どうやら寺の境内のようだ。だが、伊佐の姿はない。やはり道を間違えたか。

立ち止まって思案していると、声をかけられた。墨染の衣の若い僧だった。

「こちらに何か、ご用ですか?」

「いえ、すみません。知り合いの姿を追いかけてこちらに来てしまいました」

「そうですか。でしたら、出口までご案内をいたします。この周辺はご用のない方はご遠慮いただいております」

僧は草の入ったかごを手にしており、手には泥がついている。畑仕事をしていたようだ。この寺では自分たちの食べる物を自分たちで賄っているのだろうか。

しかし、よく見れば、よもぎに桃の葉、雪の下、かごの中にあるのは薬草ばかりだ。

「ご病人がいらっしゃるのですか。薬草をお持ちのようですが」

小萩はたずねた。

「よくお分かりですね。この寺はご本尊に薬師如来をお祀りしておりますので、そのご縁でご病気の方のお世話をしております。そんなこともあって、よその方の立ち入りはご遠慮願っております」

薬師如来は病気を治し、心身の健康を守るといわれる仏だ。伊佐の母親は病にかかり、ここにいるのではないだろうか。

「私は日本橋の二十一屋という菓子屋のものです。職人の伊佐の身内がこちらにお世話になっておりませんでしょうか」

「さぁ、どうでしょうか。その伊佐さんという方に直におたずねになったらいかがですか」

静かな声で答えた。

いないなら、いないと言うだろう。伊佐に聞けというのは、いるということだ。小萩はそう解釈した。

僧は堂の脇を通り、表に向かって歩いて行く。伊佐の姿がないだろうかと、小萩はあたりを見回したが寺は静かで人影はなかった。

「すみません。もうひとつ、うかがってもよろしいでしょうか。病気の方がこちらで療養するとき、お金はどのくらいかかりますか」

小萩は重ねてたずねた。

「毎日の食事と最小限のお世話はこちらで賄っています。それ以外の薬代やお医者様へのお支払いは、お身内にお願いしています」

伊佐はその金が必要だったのだ。

小萩は合点する。

「ご病人がいらっしゃるところに行くことはできませんか」

小萩は頭を下げた。僧は困った顔になった。

「建物を外から見るだけでもいいのです。お願いします」

さらに言葉を重ねると、僧は根負けしたように言った。

「分かりました。でも外からだけですよ」

僧侶は元来た道を戻った。

薬草や野菜を育てている畑の向こうに、平屋の建物が二棟あった。

「手前がご婦人で、奥は男の方がいらっしゃいます」

小萩は手前の建物の前まで行ってみた。ごくふつうの平屋に見えるが、木の戸は頑丈で、小さな窓には格子がついている。耳をすますと、中で人の気配がした。何人もいるらしい。

建物全体を重い、黒い影が覆っているような気がして、小萩の背中がぞくりとした。

引き返そうとしたとき、突然手前の建物の戸が開いて女が出て来た。手にした桶には、汚れた衣類が丸められて入っている。糞尿と汗と薬の混じった嫌な臭いが漂った。

一瞬、部屋の中が見えた。小萩は息をのんだ。

板張りの床一面に布団が敷かれて、何人もの女が寝ていた。一目で重病人と分かった。ある者はやせて青白い顔をしていたし、ある者は異様にむくんでいた。苦しそうに体を曲げてうめいている者もいれば、全身の力が抜けて抜け殻のようになっている者もいた。手前の一人の寝巻の前がはだけて、やせた胸が見えた。肉がなくなって骨の形がはっきりわかるほどだった。

「もうよろしいでしょう。では、出口までご案内いたします」

僧が言った。

声が出なかった。全身の力が抜けたような気がした。

小萩は本当の重病人というものを見たことがなかった。近所のおじいさんがずいぶん長いこと臥せっていたということはあったけれど、見舞いに行くといつも、うとうととおとなしく眠っていた。家の人たちが手厚く看護しているので寝巻も布団も清潔で、病人の臭いはあまりなかった。

だから病人というのは、もっと心安らかなものだと思っていた。あんな風に、苦しみ、闘うものとは考えていなかった。

「病気とはむごいものです。人はだれでも死から逃れられないものですが、苦しみながら死に近づく方はとりわけお気の毒です。私たちはできるかぎりのお世話をしておりますが、その方の寿命だけは致し方ありません」

僧はだれにともなくつぶやいた。

山門には医王寺の文字が見えた。小萩は僧侶に礼を言い、寺を辞した。

まっすぐ牡丹堂に帰る気にはなれず、小萩は日本橋を通り過ぎ、室町（むろまち）にある弥兵衛とお福の隠居所に行った。

折よく、お福は台所にいた。

「おかみさん。お話があるんですけど」

「どうしたんだい。なにがあったんだよ」

小萩の顔を見たお福はすぐ家にあげた。

偶然見かけた伊佐を追いかけ、医王寺という寺をたずねたことを話した。

「その寺では病気の人を看病していると言われました。私は伊佐さんのおかあさんがそこにいると思いました。最初は断られたけれど、お願いしたら外の様子だけならと言われてすぐ近くまで行ったんです……。そうしたら、戸が開いて中が見えた。……本当に重い病気の方ばかりで、みなさんひどい状態で……」

そう言った途端、部屋の様子が目に浮かんで、小萩は思わず言葉につまった。のどの奥が辛くなった。

「そうかい、そうかい。ご苦労だったね」

お福は小萩の背中をなでた。

「伊佐からだいたいのことは聞いたよ。みんなには黙っててくれって言われたから、あんたにも言わなかったんだけどね。そういうところか。伊佐のやつは相変わらず口が重いから、話を聞いても要領を得なかったんだよ。もう長くなさそうだと聞いたけど……、そんなに重病なのかい？」

「たぶん、そうだと思います」

「伊佐が言っていた。痛みがひどいんだってさ。薬を飲むと、少しやわらぐ。その薬がとっても高価なんだよ」

お福は言った。小萩はしばらく黙って自分の膝を見つめた。

「こんなことを言ったらいけないのかもしれないけれど……」

「いいよ。言ってごらん」

お福はやさしい目をしていた。

「伊佐さんは、自分を捨てたおかあさんのために、大事にしている本を質に入れたんですよね。どうして、そこまでするんですか？　しなくちゃいけないものなんですか？」

一度は捨てた息子ではないか。ずっと離れていて、突然現れたと思ったら、自分の借金を肩代わりさせようとした。

今度は病気になったからと、伊佐を頼るのだ。ずいぶん身勝手で、厚顔な人ではないか。

伊佐も伊佐だ。どうして、そこまでしなければならないのだ。自分には無理だ、できないと言えばいいではないか。

このままでは、伊佐の一生がめちゃくちゃになってしまう。

「そうだよねぇ。あいつが何を考えているのか、分からないよねぇ。でもさ、どんな母親でも、伊佐にとってはたった一人の母親なんだよ。あの子がそうしたいと言っているんだ。しょうがないじゃないか。なんだ、そんな顔をするんじゃないよ」

お福は小萩の頰に手をあてた。小萩は伊佐があんまりかわいそうで涙が出てきた。

「家族っていうのは面倒なもんだねぇ。他人さんならつきあいを止めることもできるけれど、肉親の場合はそういかない。だけど、安心おし。丸笹のおかみさんには質草を流さないように頼んでおいたから、菓子の本はなくならないよ」

「はい」

小萩は涙をこらえてうなずいた。

そのとき、木戸のあたりで声がした。風呂敷包みを抱えた清吉が立っていた。

「おかみさん、須美さんに言われて煮魚を持ってきました。今日は、いわしですって」

「ああ、ありがとうね。ちょうど、小萩も来ているよ。こっちにおいで。おやつにしよう」

たちまち清吉の顔がほころび、縁側に腰をおろした。お福は菓子鉢にせんべいを入れて縁側においた。小萩も涙をふいて清吉の隣に座った。

清吉はいい音をたててせんべいをかじった。

「うまいなぁ。大福もいいけど、せんべいも好きです」

「清吉はなんでもおいしいって言ってくれるから、こっちもうれしいよ」

お福が目を細める。牡丹堂に来たころは、いつも人の顔色を見て、おどおどしていた清吉だったが、このごろは子供らしい笑顔を見せるようになった。

伊佐が牡丹堂に来たのは、清吉よりも幼いときだ。やっぱり、最初は清吉と同じように硬い表情をしていたのだろうか。

「清吉はさ、おっかさんみたいな人がいたよね。あの人のこと、まだ、時々思い出す？」

小萩がたずねると、清吉は困った顔になった。

清吉の言うおっかさんのような人というのは、吉原（よしわら）の妓楼（ぎろう）の主（あるじ）で、何度も牡丹堂の商売のじゃまをし、伊勢松坂（いせまつざか）を乗っ取った勝代（かつよ）だった。牡丹堂にとっては油断のならない仇（かたき）のような存在だ。だが、清吉には大事な人だ。

「いいんだよ。思ったことを言ってごらん」

お福がうながす。清吉は笑みを浮かべた。

「あの人のことを思うと、胸の奥がぽっと温かくなるんです。そうしてうれしくなる。今、おいらはみんなにやさしくしてもらって、とっても幸せです。だけど、元はといえば、あの人に会ってからなんです。おいらの人生は真っ暗くらの暗闇だと思っていたけど、あの人に会ってちょっとだけ明るくなった。そうして、どうしたら明るい方に行けるのか分かったんです。明るい方に行くには、人をやっかんだり、意地の悪いことを考えたりするんじゃなくて、人の役に立とうとか、いいことを考えるんです」

「そうか。えらいねぇ。牡丹堂に来られたのも、あんたの心がけがよかったからなんだね」

お福が清吉の湯飲みに茶を注ぎながら言う。

「はい。そう言ってもらえるとうれしいです」

清吉ははにかんだ様子ながら、大きなはっきりとした声を出した。小萩には憎い相手でも、清吉にとって勝代は大恩人。思うことは人それぞれだ。伊佐の母親のことも、伊佐にしか分からないことがいろいろあるのだろう。

他人の自分があれこれ思っても仕方がない。伊佐が自分で決めるしかない。小萩はやりきれない思いになった。

「伊佐さんから、おかあさんにふかし芋をもらった話を聞いたことがあります」

小萩は言った。

父親がいなくなって、伊佐の母親は針仕事や近所の畑の手伝いをして暮らしをたてていた。その日は、朝から水しか飲んでいなかった。隣の人が気の毒がってふかし芋を一本くれた。伊佐の母親は『ひとりで食べな』と言って伊佐に手渡した。

——あん時、一個のふかし芋を俺にくれたんだ。今度は、俺がなけなしのもんを差し出す番じゃねぇのかなぁ。

「伊佐さんは、今、ふかし芋のお返しをしているんですよね」

小萩の言葉にお福は大きく膝を打った。

「そうだよ。いいところがあるじゃないか、あいつは。あたしは、そういう伊佐が好きだ。情が深くて、まっすぐで。あんたは違うのかい」

「いえ、でも……」

分かる、分かるけれど、やっぱり少し割り切れない。

「それじゃ、あんたはなにかい？　世話になったことなんかすっかり忘れて、自分ひとりで大きくなったような顔をして、病気の母親をほったらかしにするような男のほうがいいのかい？　信用できると思うのかい？」

「そういうわけじゃないですけど」

「だろ？　今は損したように思うかもしれないけど、そうじゃないよ。お天道さまはちゃんと見ている。あたしたちも知っている。人間の値打ちってもんはそういうところで決まるんだ」

本当にそうだろうか。損をする人はずっと損をし続けるのではないだろうか。小萩はまだもやもやしている。

「大丈夫だよ。安心しな」

お福が言った。

帰りは清吉といっしょに牡丹堂に戻った。

「伊佐さんはいい人ですよ」

清吉が言った。

「そうね」

「だから、伊佐さんのおっかさんもいい人ですよ」

小萩はびっくりして清吉の顔を見た。

「伊佐さんはふかし芋のことだけじゃなくて、おっかさんのいいところや、やさしいところをたくさん知っているんです。それは、困ったことを全部帳消しにしても余るくらいいたくさんあるんですよ。だって、伊佐さんのおっかさんだもの」

ふいに耳元で伊佐の声が聞こえた。

——ふつうの家の娘だったんだよ。違う男と一緒になっていたら……どこにでもいるような普通のおかみさんになって、当たり前の暮らしをしていたかもしれない。それを考えると、俺はおふくろがかわいそうでならないんだ。

——肩に大きな刺し傷があるんだ。母ちゃん、ぐっすり眠れたときがあるかいって聞いたら、もう何年もないよって答えた。目をつぶるといろんなことが思い出されて怖いんだってさ。

どこかで何かを間違えた。気づいたら、戻れないところまで来てしまっていたのだ。それが分かっているから、伊佐は母親が哀れでならないのだ。

小萩はそのとき、ようやく伊佐の気持ちが少し理解できた。伊佐の母親への怒りもおさまってきた。

「そうだね。伊佐さんにとっては、昔も今も大切な人なんだね」

小萩は静かな声で言った。飲み込みにくいものを、ごくりと飲み込んだ。

牡丹堂にもどって仕事場をのぞくと、伊佐はいつもと変わらない、生真面目な様子であんを炊いていた。

その日、小萩は医王寺をたずねた。

境内を歩いていると、この前の若い僧がいた。小萩は風呂敷包みを差し出した。

「先日はありがとうございました。肌着が入っています。これを伊佐という職人の母親に渡してほしいのですが」

水を通したさらし布を縫った肌着だ。のりを落として肌にあたっても痛くないようにしてある。病人なら、こういう肌着は何枚あっても困ることはないだろうと思った。

「お心遣いうれしく思います。ありがたく使わせていただきます」

僧は礼を言った。

帰り道も堂の脇を抜けて細い裏道を通った。わずかの間に草は秋色になって、小萩の着物にふれるとかさかさと音を立てた。

思いがけず向こうから伊佐がやって来るのが見えた。伊佐は驚いた顔になった。

「小萩、ここで何をしている。どうしてここにいるんだ」

「どうしてって……。前に、偶然伊佐さんのことを見かけて追いかけたら、ここに来たの。あの……、余計なことかと思ったけれど、おかあさんのところに肌着を届けたの」

「おふくろのところに……。肌着ってなんだ。あんたが縫ったのか」

伊佐の眉根が寄った。

「おかあさんの着替えに必要だと思ったので……」

「どうしてそんなことをする」

「だって、洗い替えがいるでしょう」

いらだったように伊佐が声をあげた。

「だから、なんで、小萩がそれをするのかと聞いているんだ」

「でも……」

「おふくろの様子を見たのか」

小萩はあわてて首を横にふった。

「お坊さんに頼んで建物の近くまで行ったら、偶然戸が開いて中が少し見えた。それだけです」

伊佐は口を真一文字に結ぶと、しばらくだまっていた。

「そうか……。そういうことか。いや、あんたにまで気を遣わせて悪かったな。申し訳ない。だけど、もういいんだ。俺たちのことはほっておいてくれ。構わないでいいんだ」

伊佐は他人行儀な言い方をした。

「でも、病気は重いんでしょう。お手伝いできることがあれば言ってください」

「いや、いいんだ。大丈夫だ」

「だけど、伊佐さんだけじゃ大変だから、私が……」

小萩が重ねて言おうとした言葉を、伊佐は遮った。

「かわいそうだと哀れんだのか」

思いがけない言葉に小萩は体を硬くした。

「散々勝手なことをして、最後は病気で、体も動かなくなって寺のやっかいになっている。気の毒な女だと思っているのか」

黒い瞳がまっすぐ小萩を見ている。

「ちがう。そうじゃないの。私はただ、伊佐さんの助けになりたかった。それだけなの」

「あの人は俺のおふくろなんだ。だから、そういうことは俺が考える。俺が自分で考える。あんたは他人だ。放っといてくれ」

怒りと淋しさがないまぜになった暗い目だった。その目は権太郎を思い出させた。小萩は悲しくなった。

この人は他人に心を開かず、弱みを見せず、なんでもかんでも全部、自分ひとりで背負うつもりなんだ。

伊佐はやっぱり菖蒲の花のような男だった。

こぶしのように固く握ったつぼみの中には、紫の花弁に包まれて鮮やかな黄色が隠されている。こぶしを開いて、中の花を見せてくれたらもっと世界は広がるのに。

「どうしてそんなことを言うのよ。ひとりでなんでもかんでも自分で抱え込んでしまうのよ。私は伊佐さんのことを他人だなんて思っていないわよ。伊佐さんが困っているなら手を貸したい、助けになりたい。それは当たり前のことでしょう。私は伊佐さんのことが……」

小萩は言葉に詰まった。「好きだから」という一言がのどに詰まった。

「同じ仕事をする仲間だと思っているから。ずっといっしょに働いていたいから。私だけじゃないわよ。ほかのみんなもそう。おかみさんも親方も、幹太さんも留助さんも、みんな心配しているのよ。力になりたいの。だけど、伊佐さんがそれをさせてくれないから、どうしていいのか分からないのよ」

伊佐は一瞬とまどった顔をした。

「そんなことを言われても……。迷惑がかかるだろ。これが最初じゃないし」

「迷惑をかけてもいいじゃないの。どうして、そんな水くさいことを言うのよ」

小萩は切なかった。目の前にいるのに、伊佐を遠くに感じる。

「自分で周りに厚い高い壁をつくって、その中にひとりで座っている。それが伊佐さんよ。

寒くて暗くて淋しいのに、ひとりでやせ我慢して。みんな待っているのよ。どうして、出て来てくれないの」

なぜ、わかってくれないのか。どうしたら、気づいてくれるのか。涙が溢（あふ）れてきた。小萩は泣きながら伊佐の胸を打った。

「どうして私の話をちゃんと聞いてくれないの。心を開いてくれないの。なんでなの？」

伊佐は棒のように突っ立って、小萩に胸をたたかれていた。やがて、低い声でつぶやいた。

「しょうがねぇじゃねぇか。そういう男なんだ。あんたが親切で来てくれたことは分かった。ありがたいよ。うれしいさ。だけど、あんたにそういうことをされると困るんだ。だって、あんたはやっぱりよその人で、そこまでやってもらういわれはねぇんだよ」

小萩は目をあげた。すぐ近くに伊佐の顔があった。

「それは俺の気持ちの問題なんだ。おふくろの世話は俺がする。それでいいんだ。あんたの気持ちだけ受け取っておく。それでいいだろ。頼む、そうしてくれ」

伊佐の手が小萩の髪にふれた。温かさが伝わってきた。

「俺はさ、やっぱりひねくれもんなんだよ。あんなにおかみさんやお葉（よう）さんにかわいがってもらって、旦那さんや親方に親身（しんみ）になって仕事を仕込んでもらった。それなのに、どうしても素直になれねぇ。どっか意固地なんだ。自分でも嫌なやつだと思う。留助さんみたいにおおらかだったり、幹太さんみたいにまっすぐだったら、どんなにいいだろうな。だけど、そうはなれねぇんだ。性分なんだよ。仕方ねぇんだ」

伊佐が歩き出し、小萩はその後に続いた。目の前に伊佐のやせて骨ばった背中がある。それが、壁のように思えた。

「あんたはいい娘さんだよ。明るくてやさしくて正直で。きっといいおっかさんになるんだろうな。だけど、俺にはなんだか少しまぶしいんだ。まぶしすぎる。それは、俺がひねくれ者だからだよな」

ゆっくりと足を進めながら伊佐が言う。

「ちがうわよ。伊佐さんはひねくれ者なんかじゃない。伊佐さんこそ、真っ正直で律儀でいつも一生懸命な人。ただ、少し自信がないだけ。自分の良さに気づいていないのよ」

小萩は伊佐の背中に語り掛けた。

「どうだろうなぁ」

伊佐が低く笑った。その声は秋の風にのって空に消えた。空は切なくなるほど真っ青だった。

重い戸をくぐると細い路地に出る。しばらく進むと広い通りに出た。

小萩の足は遅れがちになった。

さっきの伊佐の言葉が小萩の耳に響いている。

――だけど、俺にはなんだか少しまぶしいんだ。

小萩は振られてしまったのだろうか。

もしかしたらと、思っていたのだ。

三年近くもいっしょに働いているのに、小萩と伊佐の距離は一向に縮まる気配はない。同じ見世で働く二人。それ以上でもそれ以下でもない。

そういうことだ。そうなんだよ。だから、俺のことはあきらめてくれ。

伊佐の背中はまっすぐで、そんな風に言っているように思えた。

きっと、今までも、そう伝えていたのだ。でも、小萩は気づかないふりをしていた。

とうとう今日、はっきりそう言われた。

小萩は黙ってしまった。泣いた顔が恥ずかしくてうつむいて歩いた。

「あんたはひとりで帰れるか。俺は少し寄るところがある」

伊佐はそう言って去って行った。

その日を限りに、小萩は医王寺に行くことを止めた。伊佐にも近づかなくなった。小萩はふつうにしているつもりだが、みんなにも伝わったらしい。

　裏で洗い物をしていると幹太がやって来て、たずねた。

「おはぎ、伊佐兄となんかあったのか」

「なんにもないわよ」

「だって、しゃべらないじゃないか。それに怖い顔をしている」

「いえ、ふつうです」

　須美にも聞かれた。

「小萩さん、なにか、困っている？」

「そんなことありません。大丈夫です」

　小萩は笑おうとしたが、笑えなかった。

　そんな風にして日が過ぎて行った。


　小萩が見世に立っていると、須美がうれしそうな顔でやって来た。

「ね、この里芋、常陸の奥の方でとれたんですって。小萩さんが探していたものでしょ」

　手の中の里芋を押し付けた。

「どうしたの？」

「八百屋さんが持って来てくれたの。八溝山って険しい岩山があって、その近くの村でとれた里芋なんですって」

「これが、そうなの？」

これといった特徴のない、ごくふつうの里芋だ。

「でも、味は絶品だって太鼓判。台所に来て、かごにいっぱいあるから」

小萩は見世を留助に任せて、台所に行った。須美がきれいに洗って泥を落とし、かごに入れておいてくれた。

一つ手にとって皮をむく。中は真っ白だ。包丁を入れると、さくりと切れた。

やわらかくゆでて、食べてみる。するりと口の中を泳ぐ。

「なめらかねぇ。絹みたい」

須美が目を丸くした。

「しっかり粘りがある。それにお芋らしい、いい香りがする」

小萩も声をあげた。

さっそくおはぎをつくって大升屋に持っていった。

銀に八溝山の近くの村の里芋が手に入ったと言うと、とても喜び、すぐに奥の座敷に通された。待っていると、権太郎が現れた。

「いい里芋が手に入ったそうだな」

「八溝山の近くの村でとれる里芋です。ふるさとの味にかなり近くなったのではないかと思います」

女中が器に盛りつけて運んできた。

権太郎はすぐ手を伸ばし、口に運んだ。

「うーむ」

眉根を寄せて考えている。

「いかがですか」

銀がたずねる。

「お口に合いましたでしょうか」

小萩も気が気ではない。

「そうだな。この味だ。そうだ、この粘りと味は里芋のおかげだったんだな」

しみじみとした言い方をした。

銀が権太郎に新しい茶をいれた。

「この前言わなかった話がひとつある。弟に金を貸したあと、必ず見る夢がある。そこで、自分はおはぎを食べている。夢の中では、おはぎは皿の中に一つしかない。それを弟がほしいという。小さな弟に譲るべきなのだ。けれど、大好きなおはぎだ。この次いつ食べられるか分からない。わしはやりたくない。辛くて涙が出てくる……」

権太郎は目をしばたたかせた。

「目が覚めると、情けなくなる。どうしてこんなに卑しいのかと、自分が嫌になる」

空になった皿をながめた。

「たくさんお持ちいただきましたよ。もうひとつ、いかがですか」

銀がたずねた。

「いや。いい。十分だ。欲張ってはいけない」

それでもまだ、名残惜しそうに皿を眺めている。

「あなたは正直な方なんです。あなたや見世の者たちが骨身をけずって働いて、お客さまからいただいたお金じゃないですか。それを、みなさんはいとも簡単に貸してくれという。お腹の中じゃ、こう思っているかもしれませんね。『たくさんあるから、いいじゃないか。この程度の金は痛くもかゆくもないんだろう』って。あなたはそういう人たちに腹を立てながら、結局いつも用立ててしまう。私はそういうあなたを偉いと思っていましたよ」

銀が言った。

「そうか。そう思ってくれていたか」

権太郎はつぶやいた。

「やっぱり、もうひとつ、いただきましょうよ。私もご相伴いたします。もっと欲しくなったら、また、小萩庵さんにお願いすればいいんです」

「そうだな。そうしようか」

権太郎は何度もうなずいた。

小萩が部屋を出て勝手口まで来ると、銀が呼び止めた。

「申し訳ありませんが、この同じおはぎを一包み、板橋まで届けていただけませんか。送り先はこちらです」

書付を渡した。

板橋の家とは絶交したのではなかったのか。小萩の気持ちを測ったように銀が言った。

「切ろうと思っても切れないのが縁。気づくと、いつの間にか切れてしまっているのも、また縁なんです。あの人が縁を切りたいというのは、つながっていたいという思いの裏返し。どんなに腹を立てても、今度もまた、許してしまうんじゃないかしら。手助けしてやれるのは、幸せなこと。いくら気持ちがあっても、その力がなければ助けようがないでしょ。私はのんき者だから、そんな風に思うんですけどね」

銀はやわらかな笑みを浮かべた。

牡丹堂に戻ると、最中の皮にあんをつめていた幹太が振り向いてたずねた。

「大升屋はどうだった？　喜んでくれたか？」

「うん。この味だって。やっぱりあの里芋だったの」

「そうか。よかったなぁ」

徹次が言った。

「よく見つけたなぁ。その芋」

留助が感心している。

ちらりと伊佐の方を見た。伊佐は振り向きもせずにあんを煉っている。

台所に行くと、須美が夕餉の支度をしていた。

「里芋ありがとうございました。大升屋さん、うまくいきました」

「そう。よかったわねぇ」

須美は笑顔で答えた。

小萩は不思議に思っていたことがあるのだ。どうして、神田のやっちゃ場でも手に入らなかった里芋を八百屋が持って来られたのだろうか。八溝山は常陸の国でも一番北で、山深い土地だという。

「あの里芋、本当はどこから来たんですか？　だれかが見つけてくれたんですか？」

「黙っていてくれって頼まれていたけど、あれは、伊佐さんが探したの。お客さんとか、料理屋さんとか、あちこちに聞いて回ったのよ」

「伊佐さんが？」

「そうよ。ちゃんと自分で言えばいいのにね。しょうがないわねぇ、二人とも」

そう言って、小萩の背中をぽんとたたいた。

小萩は仕事場に戻った。

伊佐は最中にあんをつめていた。

「あの……。里芋を探してくれてありがとうございます」

「ああ、あれか。肌着の礼だ。おふくろが喜んでいた。この前は……悪かったな」

伊佐は少し照れ臭そうに答えた。小萩は伊佐の隣に座った。

「手伝います」

並んで、最中にあんをつめ始めた。

裏口が開いていて、はぜの葉が赤く色づいているのが見えた。秋の日差しの中で燃えるような鮮やかな色をしていた。

丸くおさめる卵菓子

一

牡丹堂は西国の大名、山野辺藩のお出入りを許されている。殿さまや奥方さまに気にいられているらしく、たびたびお声がかかる。

その日もお呼びがかかり、いつものように弥兵衛と小萩で上屋敷に向かっていた。注文を出す台所役は二人いて、一人はやせて鶴のように首が長い首座の井上三郎九郎勝重、もう一人は補佐役で猪首の男、塚本平蔵頼之だ。

なぜか勝重は無言である。もっぱら頼之が話す。

二人はいつも渋面である。そして威張っている。

——注文を出してやるから、ありがたいと思え。

と顔に書いてある。

職人肌の徹次は、あからさまにむっとする。

——何言ってやがんでぇ。菓子屋はいくらだってあるだろう。嫌ならよそに注文したっていいんだよ。

　という気を発する。

　最初から喧嘩腰では話が進まないから、世慣れた弥兵衛が出向くことになった。上屋敷は半蔵門にある。日本橋からは結構遠い。一人では恰好がつかないから小萩が供につく。台所役に会っている時間はわずかだが、失礼がないように二人とも髪を整え、一張羅を着る。行っても散々待たされる。なんやかやと半日はつぶれるのである。

「いい天気だな。釣り日和だ。今日あたり、たなご釣りに行こうかと思っていたんだ」

　弥兵衛が言う。

「そうですねぇ。のんびり釣りをするのもいいでしょうねぇ。でも、まぁ、明日という日もありますから」

　小萩はさりげなくとりなす。

「わしの右足が痛むから明日から雨だ」

　どうやら機嫌が悪いらしい。

「だいたい俺はもう隠居してるんだ。なんだって御用聞きに行かなくちゃなんねんだ」

「まあ、そう言わずに。大旦那さんじゃないとまとまらないんですよ。おかみさんも須美さんも、大旦那さんのことを頼りにしていますから」

お福の名前が出て、弥兵衛は少し機嫌を直す。ふだんは今まで通り「旦那さん」と呼んでいるが、こういうときは「大旦那さん」になる。

ぐるりと囲む高い石垣塀に沿って裏門に回り、門番に用件を伝えて中に入れてもらい、勝手口で出て来た女中に取り次いでもらう。

部屋に通され、待つ。

待ちくたびれたころ、ようやく台所役の勝重と補佐の頼之が現れる。それから季節の挨拶やら、ご機嫌うかがいの、あれこれ申し上げてようやく本題に入る。

「先日の金色羹（こんじきかん）は大変美味であったと聞いている。上つ方も満足のようであったそうだ」

もったいぶった様子で頼之が言った。

金色羹は「かっふ」という南蛮人が好む黒い飲み物に合う菓子ということで調製した。そもそも「かっふ」が何なのか、どういう味がするのかさっぱりわからない。あちこちに聞いて回り、ようやく珈琲（かひぃ）とも呼ばれる南蛮渡来の黒い豆を手に入れることができた。卵の黄身を細い糸状に落として蜜にくぐらせた菓子をつくって金色羹と名づけて納めたのだ。

「それは、ありがたいことでございます」

弥兵衛が平伏して答える。

「ただ、小さな姫さまは卵が苦手でもいらっしゃる。お気の毒だという風なことになった」

　頼之が渋い顔で伝える。

「今回は、卵を使わない卵菓子を所望したい」

　後ろに控えている小萩は、弥兵衛の背中がくいとあがったのが見えた。

「申し訳ありません。最近、少し耳が遠くなりました。もう一度、おっしゃっていただけないでしょうか」

「だからな、卵を使わない卵菓子をつくってほしいのだ」

　頼之が同じことを繰り返した。

　何回も通って来たおかげで、小萩は頼之たちの渋面にも違いがあることが分かって来た。今回の渋面は「かっふ」について語ったときと同じだ。じつは本人たちにもよく分かっていない。上の方から降りてきた話をそのまま伝えている。

　――これ以上、聞かんでくれ。なにも答えられない。

　そういう渋面だ。弥兵衛もそのあたりのことは察したのだろう。

「かしこまりました」

　平伏する。

「なにか新しい工夫があって、驚かせてくれるようなものをということだ」

最後に来て、また難しいことを付け加える。

「は」

弥兵衛はさらに頭を下げた。

帰り道、弥兵衛は後ろを歩いてくる小萩にたずねた。

「つまりだな、小さな姫さまとやらは卵が嫌いなんだろ。だから、その方も食べられる菓子をつくってほしいということだろ」

「そうです」

小萩は答えた。

「だったら、ふつうの菓子でいいじゃねぇか。なんで、わざわざ卵が入っていない卵菓子なんて面倒なことを頼むんだ。わしは意味がわからねぇ」

「まあ、そうですねぇ。たぶんね、みんながお菓子を楽しんでいるとき、姫さまがつまらなそうな顔をしていた。そのことに周りの方々も気づいた。『しまった、私たちだけではしゃいでしまった。申し訳ないことをした』と。そこで捲土重来（けんどちょうらい）。仕切り直し。そういうことじゃないですか」

「捲土重来ってのは、大げさだなぁ。お屋敷には、普段からおいしいものがいっぱいあるんだろ。菓子ひとつで、大騒ぎすることもねぇだろうに」

弥兵衛の背中はまだ納得していないと語っている。

「小さな姫さまはかわいらしくて、お殿さまも奥方さまも大切にしていらっしゃる人ですよ。だから、お仕えする人たちも無下にできない訳でね」

「そういうのを甘やかすって言うんじゃねぇのか」

「いや、ですからね。ほかの方々も姫さまの喜ぶ顔が見たいんです」

小萩は言葉を重ねる。

「どっちにしろ、ご苦労なこった」

弥兵衛が言う。小萩もそう思う。お屋敷勤めなどしたら、気苦労で身がすり減りそうだ。

しばらく歩いていると、突然、弥兵衛が足を止めた。

「おお、見事だなぁ」

天を突くような大きな銀杏があって、木の葉が黄色く色づいている。秋の日差しを浴びて樹全体が黄金色に輝いていた。

「きれいですねぇ」

小萩も見とれた。

「今日の一番はこれだな。目の極楽だ。一日幸せな気分でいられる」

すっかり機嫌を直して歩き出した。

牡丹堂に戻って、山野辺藩からの注文を仕事場に伝えた。

「黄色いだけじゃだめなのかぁ」

留助が口をとがらせる。

「金色羹をお気に召したということは、こくのあるものがいいんだろうな」

伊佐は腕を組んだ。

「小さな姫さま好みのかわいらしい、きれいな菓子に仕上げたいなぁ」

幹太は目を細める。

「まさか、今回も伊勢松坂と競作じゃねぇだろうな」

徹次が言う。同じ注文を伊勢松坂にも出して競わせるというのが、山野辺藩のやり方である。

「おっと、それは聞きそびれた」

弥兵衛が渋い顔になる。

「新しい菓子をつくるんですか」

仕事場の隅に座っていた清吉はみんなの話を聞いて目を輝かせている。

「そうよ。楽しみにしていてね」

小萩が答え、それを汐にそれぞれ持ち場に戻った。あんを煉ったり、どら焼きの皮を焼いたり、生菓子を仕上げたりしながら、あれこれと考えていたらしい。

見世のお客がとぎれて小萩が仕事場に行くと、留助と伊佐、幹太の三人が集まって菓子の相談をしていた。

「俺、考えたんだけどさ、温泉卵みたいなのはどうだ」

幹太が言う。

「温泉卵っていうのは、温泉で煮るっていう卵のことか？」

伊佐がたずねる。

ふつうの半熟卵は白身が固まって黄身はとろっとしているが、温泉卵は卵の黄身も白身もとろっとしてやわらかい。

「沸騰（ふっとう）させない湯で煮ると、できるんだってさ」と幹太。

「殻が真っ黒なのもあるそうよ」

小萩が話に加わった。

「知ってるよ。箱根の地獄谷（じごくだに）だろ。延命地蔵の黒卵を食べると、七年寿命がのびるそうだ。

いいんだよ。箱根は」

　留助が行ったこともないくせに、箱根の湯の講釈をした。

　それまでかまどの前で羊羹を仕込んでいた徹次がみんなに声をかけた。

「そうだな、まずは、卵でどんな料理や菓子ができるのか考えてみろ。煮るのか、焼くのか、いろいろあるだろう」

「よし、じゃあ、こいつの出番だな」

　幹太は仕事場の隅に積まれていた書物の中から『万宝料理秘密箱』を取り出した。天明の時代に出版された料理本で、「卵之部」にはめずらしい卵料理が載っている。通称『卵百珍』といわれるものだ。

「そうか、それがあったな」

　留助がうなずく。

　そこには意表を突く面白い料理が載っているので、小萩もよくもながめていた。

　たとえば「小倉玉子」というのは、ゆで卵の黄身を取り出し、小倉あんをつめたものだ。黄身が出て来るかと思いきや、小豆が出て来てびっくりという仕掛けである。「小豆餅卵」というのは、うずらのゆで卵を芯にして粒あんをまぶした菓子である。小さくて、かわいらしいことだろう。

驚いたのは黄身を外側、白身を内側にする「黄身返し卵」である。生み立ての地卵の殻に針で穴を開けてぬかみそに五日ほど漬ける。取り出してよく洗ってゆでる。そうすると、黄身と白身が入れ替わるのだそうだ。

本当にそんなことが、できるのだろうか。

試してみたい気持ちにさせられる。

「お、この『定家卵』なんてどうだ。名前がいいじゃないか」

留助が声をあげる。ふわふわした蒸し卵である。

「蒸し菓子か、この季節にはいいいな」

伊佐が言う。

「俺は温泉卵を推したいね。ぱっと見てすぐ卵ってわかるところがいい」

幹太が主張する。

つくりたい菓子はたくさんある。問題は、どうやって卵を使わずに卵菓子らしく仕上げるかということだ。

「温泉卵風なら、黄身も白身も葛でつくればいいんじゃないの」

小萩も話に加わる。

「見た目だけじゃなくて、味や香りでも卵らしさを出したいなぁ」

伊佐が首を傾げる。

「だけど、姫さまは卵が嫌いなんだろ。卵っぽくしないほうがいいんだよ」

幹太が言い出し、話は振り出しにもどる。四人は困ってしまった。


その日、小萩庵をたずねて来た娘がいた。神田の瀬戸物屋、沢屋の娘、お道である。

「じつは、どうしてもこちらのお見世にお願いしたいものがあります。よろしくお願いします」

ぺこりと頭を下げた。年は十七、八。お盆のように丸い顔で、笑うと目が三日月の形になった。

奥の三畳に案内して話を聞く。

「お願いしたいのは山野辺藩に納められたという金色羹です。黄金色をしたそうめんのような姿で、口にいれると卵の味がいっぱいに広がるって、それはもう、口では言い表せない、天にも昇る心地がするとうかがいました」

お道はとろけそうな目をした。

「どうしてそれを、御存じなのですか？」

小萩は驚いて聞き返した。

金色羹は山野辺藩の中でも、当主と奥方など、ごくわずかな人たちしか味わっていないはずだ。

「深川(ふかがわ)におります私の叔父の連れ合いの妹が山野辺藩の上屋敷にご奉公をしております。奥方様から特別に分けていただいたと申しておりました」

誇らしげな様子で答えた。

しかし、金色羹は御留菓子(おとめがし)である。山野辺藩の注文以外つくらないという約束になっている。

「褒(ほ)めていただいてうれしいのですが、あの菓子はほかの方におつくりすることはできないのですよ」

小萩は申し訳ない気持ちで言った。お道はひと膝乗り出した。

「ですからね、金色羹そのものでなくてもいいです。似たものだったら。たしか、そうめんのように細いんですよね。だったら、うどんくらいの太さにするとか。丸く形づくるとか」

「そうですねぇ」

その程度では違うものとは言えない。

「おそばみたいに盛って黒蜜の汁を添えるとか」

お道はあれこれと案を出す。

「えっと、それで、その金色羹はどのように使われますか。差し上げ物でしょうか」

小萩はやっと口をはさむことができた。

「それなんです」

お道は真剣な表情になった。

「私の家の三軒先に三河屋（みかわや）という味噌屋さんがあって、そちらの三人姉妹と仲良しなんです。一番下の加代（かよ）さんという娘さんは体が弱くて、十日ほど前から熱がでて臥せっています。その人へのお見舞いです。卵を食べると精がつくっていうし、加代さんは卵が好きなんです」

「そうですか。分かりました。加代さんはおいくつですか」

「十五歳です」

小萩は筆をとって、加代さま、卵の菓子、十五歳と書いた。

「ご家族は何人ですか？　加代さんの見舞いですけれど、みなさんで味わっていただけるものがよいですよね」

「はい。三河屋さんは、お兄さんが省吾（しょうご）さん、妹さんが千代（ちよ）さん、美代（みよ）さん、加代さんの四人です」

「ご両親は……」

「十年ほど前にお父さんが亡くなり、それからしばらくしてお母さんも病気に倒れたので、今は省吾さんが中心になって御商売を続けています。私は千代さんと同い年ということもあって、昔から、三河屋さんのみなさんと親しくさせていただいています」

小萩の頭に両親を亡くし、力を合わせて暮らしている兄妹の姿が浮かんだ。菓子は加代のためでもあるが、省吾やほかの妹たちのためでもあるのだろう。

「お客さまはお友達思いのやさしい方なんですね」

「あ、いえ。そんな……」

お道は頬を染めた。

「では、金色羹そのものは無理ですが、金色羹に近い味がするものならできると思います。考えてみますので、少々お待ちください」

「ありがとうございます。金色羹の話を聞いて、すぐ加代さんのことを思い出したんです。とても喜ぶと思います。これは、私がお小遣いをためたお金です。足りますでしょうか」

懐から財布を取り出した。

「今はまだ、けっこうです。どういうものにするか決まったら、またご相談します」

小萩は答えた。

　仕事場に行って伝えると、幹太が言った。

「なんだ、そんなことか。簡単じゃねぇか。金色羹は熱い糖蜜に卵の黄身を少しずつ流すもんだろう。そこんところはそのままで、ちょっと最後の仕上げを変えればいいんだよ」

　卵の黄身を熱い糖蜜に細く流し入れる。くるくるとねじれながら固まりはじめた卵黄を引き上げて、熱いうちにまっすぐに整える。

　このひと手間が、いかにも御前菓子（ごぜんがし）という品格を醸（かも）し出し、金色羹となるのだ。

「だからさ、くるくるのまんまにすればいいんじゃねぇのか」

　その程度の違いでは山野辺藩から文句がでそうだ。

「そうだわ。最中の皮につめるのはどうかしら。そうすれば、外からは見えない。新しい黄身あんって言える。外はカリカリ、中はしっとりで甘い卵の黄身の味よ」

　小萩が言った。

「おお、いいなぁ。桜餅の皮みたいな薄い生地で包むのもいいんじゃねぇか」

　留助が話に加わる。

　それなら黄色が見えて華やかだ。

「煉り切りの上にのせるのも、かわいいだろうな」

伊佐が言う。

上品な上生菓子になりそうだ。

「よく考えたら、あれは色々使えるんだな。御留菓子っていうのが残念だなぁ。どの程度だったら、許されるんだろう」

留助が言いだす。

「黄身あんで、ふつうのより卵を多くすれば、近い味になるよ」

幹太が言葉に力をこめる。

四人の会話を徹次は背中で聞いている。

菓子比べがあったり、山野辺藩のお出入りを許されたりして、牡丹堂は次々と新しい菓子をつくる必要ができてきた。そのたび、みんな四苦八苦して、弥兵衛の知恵を借りたりした。

小萩庵の看板をあげ、菓子の注文を受けることを始めたのは、小萩のためだけでなく、留助や伊佐や幹太たちのためでもあるだろう。お客の注文を受けてあれこれ新しい菓子を考える。最初はとまどっていた留助たちも、だんだん勘所（かんどころ）が分かって来ると楽しそうになった。

なんだ、技はもう知っている。あとはどう組み合わせるかなのだ。

なんだ、簡単じゃねえか。

そういう顔で思いつきを口にする。

徹次の期待したとおりの展開になってきた。

「明日、お使いがあって神田に行くから、どんな様子なのか、三河屋さんをたずねてみるわ」

小萩が言った。

「そうだな。贈り先のことが分かれば決めやすいってもんだ」

留助が言う。

小萩は神田の三河屋にでかけることにした。

今川橋（いまがわばし）を渡って神田に入ると、町の様子はずいぶんと変わる。日本橋は大店（おおだな）が多いし、どこも見世構えが立派で、晴れがましい感じがある。ところが神田にはいると、ずっと庶民的になる。手ごろな値段の品物を並べる見世やいい匂いのする食べ物屋が並んでいる。神田鍛冶町（かじちょう）を過ぎて右に折れると、お道の家である瀬戸物屋、沢屋があった。

間口が狭くて奥に長い見世で、奥の棚には少し立派な大皿や鉢などがあった。手前はなます皿に湯飲みと茶碗、とっくりに盃（さかずき）と普段使いの物がある。見世の一番前に積まれているのは、お買い得のものなのだろう。

お客が皿を手に取って眺めている。お道に面差しの似たおかみらしい女が近づいて声をかけた。

「つばめの模様がかわいらしいでしょう。瀬戸から昨日ついたばかりなんですよ」

「そうねぇ。でも、つばめって春のものじゃない？」

「そんなことないですよ。つばめっていうのは、昔から幸せを運んで来る鳥、商売繁盛の印っていわれているんですよ」

「あら、そうなの？」

お客は目をあげた。

「本当はもっと高いんですけどね。いつも仕入れている問屋なんで安くしてもらったんですよ」

「じゃあ、いただいていこうかしら」

「毎度ありがとうございます。お道頼むよ」

呼ばれてお道が裏から出て来た。手早く皿を紙で包んでお客に手渡す。

道の端に立っていた小萩に気づいて、おやという顔になった。小萩が会釈をすると、小走りにやって来た。

「近くまで来る用事があったもので、お見世の様子など少し見ておきたいなと思いまして」

「まぁ。すみません」

お道が軽く頭を下げる。

「三河屋さんはこの三軒先ですね」

「はい。そうです。あ、でも、私がお菓子を用意していることは黙っていてくださいね。びっくりさせたいんです」

「はい。分かりました」

小萩は小さくうなずく。その足で三河屋に向かった。

三河屋は沢屋よりもさらに一回り小さい。その小さい見世に味噌の樽がいくつもあり、奥にはなめ味噌、味噌漬け、醤油の壺などが所狭しと並んでいた。

小萩は目立たぬように向かいに立って、見世をながめた。

若い娘が見世に立ってお客の相手をしていた。年は十八くらいか。下がり眉のかわいらしい顔立ちをしている。

「赤味噌と麴（こうじ）味噌を一合ずつ。いつも、ちょっとで悪いねぇ。なんせ、亭主と二人だから、そんなに食べないんだよ」

「いいんですよ。うちは何度も来ていただけるのがうれしいんですから」

笑うと、もっと眉が下がった。

「それでさ、裏のおばあさんから言付けでね。味噌を届けてほしいんだってさ」

「はい。いつもの米味噌ですね。ほかには、なにかおっしゃっていましたか」

「うん。納豆と大根もいるって。ぼて振りから買えばいいだろって言ったんだけど、お宅の兄さんに届けてもらいたいらしくてさぁ」

「大丈夫ですよ。兄に伝えておきますから」

「手間をかけるけど、よろしくね」

そう言い置いて、お客は帰っていった。そのすぐあと、入れ違いのように若者が来て、見世に入って行く。

「兄ちゃん、あのね」

娘が若者に声をかけた。

この人が省吾か。小萩は思わず見つめてしまった。

まっすぐな眉に、黒目勝ちの瞳、日焼けした顔に白い歯がこぼれる。男前である。頼りになりそうな、しっかりとした力のありそうな体で、大きな手と強い腕。顔立ちの良しあしだけではなく、心根の良さが顔に現れている気がする。

すてきな兄さんというのは、こういう人のことを言うのではなかろうか。

あれ、もしかしたら……。

小萩はひそかに合点した。もちろん加代のためであるけれど、お道が気になっているのは省吾ではないのか。省吾を喜ばせたいのだ。

そうだ。きっとそうだ。

そんなことを考えながら来た道を歩いていると、刷毛屋の親父に声をかけられた。

「ねぇちゃんも、省吾のことを見に来たのかい。いい男だろう」

「そうですね。妹さんもかわいい。兄妹で見世を守っているそうですね」

「ああ。感心だろう。あの兄妹は仲がいいんだよ。なにしろ省吾がいい奴だからな」

省吾を持ち上げる。

「火事のあとから、あんたみたいな娘っ子が時々来るんだよ。ぽおっとなって見とれている」

「あの、今、言っていた火事ってなんですか？」

小萩がたずねると、親父は待ってましたという顔になった。

「あれ、知らねぇのかい。そんじゃ、教えてやろう。ひと月ほど前、この先の飲み屋が火を出したんだ。そのときに、省吾はいい働きをしたんだ」

小さな火だったし、すぐに火消しがやって来た。間もなく収まるだろうと近所の者は思っていた。ところが、風の強い日で、しばらく雨も降っていなかったからあたりはからからに乾いていた。たちまち火は飲み屋を包んでしまった。

「突然、ごおっと音がして裏の家から火が噴き出してる。それがすごい勢いなんだ。俺はあわてて自分の家にとって返して、逃げる支度をはじめた。家財道具を風呂敷に包んでさ、あれもこれもって夢中になっていた」

いつの間にか野次馬が集まって来て、狭い道はいっぱいになっている。辺りは騒然として、近所の者たちはみな浮足立った。

「そこが省吾の偉いところだよ。見世のことは妹たちに任せて、自分は風下にある年寄りの家を一軒一軒回ったんだ。火が迫ってからじゃ危ない。今のうちに逃げた方がいいと教えた。歩けない年寄りは背中におぶって連れて行ったんだ。年寄りってのはさ、いざとなると、動きたがらねぇんだ。この家は大丈夫だとか、死ぬならこの家でとか、ぐずぐず言うんだよ。それを辛抱強く説いたんだな」

省吾はふだんから味噌を届けて家に出入りしている。ついでに買い物を頼まれたり、釘を打ったりと、小さな頼まれごとも嫌な顔をせずしていた。その省吾に真剣な顔で諭されて年寄りたちの心も動いた。

幸い火は消し止められ、年寄りたちの家は無事だった。

「そういうときってのはさ、みんなてめぇのことしか考えられないんだ。俺だってそうよ。年寄りのことなんか、これっぽっちも頭に浮かばなかった。人間の本性ってもんが出るんだよ。あいつは偉いよ。口で言うのは簡単だけど、本当にできるやつはなかなかいねぇよ」

「それが評判になったんですね」

「そうなんだよ。火事の様子を見ていて、省吾に一目ぼれしたって娘さんが何人もいたらしいぜ。その中に、ひとり、ひときわかわいらしい、きれいな娘がいるんだ。着ているものなんかも上等だし、いっつも女中さんがついている。あれは、いい家の娘だね。省吾に目をつけるなんて、あの娘さんもなかなかだね」

「そういう娘さんがいるんですか」

「あの娘さんとうまくいくといいねぇ。苦労してきたから、あいつには幸せになってもらいたいよ」

しかしそうなると、お道には恋敵がいるということになりはしないか。

そうか。だから、金色羹なのか。

「子供のころから知っているけど、本当に、あいつはいい奴なんだ」

刷毛屋の親父はくり返した。省吾は町内の人々に好かれているらしい。

その日、見世を閉めたあと、小萩はお道に頼まれた菓子にとりかかった。

最初に考えたのは、薄い麩焼(ふや)きせんべいに黄身あんをはさんだものだ。卵黄をたっぷりと入れて、金色羹に近い味をめざした。ぱりっとした軽いせんべいと、甘くてしっとりとした黄身あんの味。宝尽くしになるように、めでたい宝珠(ほうじゅ)や打ち出の小槌(こづち)を焼き印で押して仕上げる。

画帳に描いて、徹次たちに見せた。

「悪かないが、茶席菓子みたいだなぁ」

徹次が首を傾げた。どうやら、気取りすぎていると言いたいらしい。

「これじゃ、年寄りの菓子だよ。もっと腹にたまるもんにしろよ」

幹太は遠慮のない言い方をする。

「そうだな。若いんだから、大きくて食べでがあるほうがいいな」

留助が追い打ちをかける。

「末の妹さんのためのお菓子だから、かわいらしい方がいいかと思って」

小萩が言い訳する。

「そうか。だけどもう少し秋らしくしてもいいんじゃないのか。栗を使うとか」

伊佐が助け舟を出す。

「あの……こんなのも考えたんですけど……」

小萩は別の紙を取り出した。とろっと甘い干し柿の中に黄身あんを仕込んである。

「ああ、こっちがいい。これにしろ」

徹次が言って決まった。

二

翌日、小萩庵に新しいお客が来た。人形町のうなぎ屋、大川端（おおかわばた）のおかみのおさゐである。

大川端といえば、よく知られた名店である。今の主人は二代目で、職人が大勢いる。大川端のうなぎは肉厚で脂がのってふっくらとやわらかい。先代から注（つ）ぎ足しながら使っているたれの味も自慢だ。

奥の三畳に座った大川端のおかみのおさゐの年は三十半ば。小柄だが背筋がピンと伸びて、大きな張りのある目をしていた。

「市村座（いちむらざ）の方々にご贔屓（ひいき）いただいておりまして、そこでお宅様のことをうかがいました。なんでも特別注文の菓子をお願いできるそうですね」

市村座の小屋主から恋川さざ波という戯作者のために菓子をつくってほしいと頼まれたことがあった。恋川は医者に煙草を止められたせいで、何ひとつ浮かばないと悩んでいた。小萩たちは、書けない戯作者に面白い台本を書かせる菓子を頼まれたのであった。

「はい、お客さまのご要望をうかがって菓子を考えます」

おさゐはにっこりとした。

「じつは婿取りのお話がございまして、先方にご挨拶にうかがいます。その折の手みやげをお願いしたいのです」

「それはおめでたいことでございます」

小萩は言った。

大川端あたりの商家になると、嫁取り、婿取りは親同士の話し合いで決まる。年ごろの娘や息子の家には縁談が持ち込まれる。釣り書きをじっくりとながめ、本人の年や人柄、家の格に財産のあるなし、家族関係、さまざまをかんがみて親同士が顔を合わせる。これでよしとなったら、あとは結納、祝言と粛々と進む。本人たちが顔を合わせるのは祝言の日ということもめずらしくない。

ご挨拶というけれど、この場で話が決まると考えてもよい。つまり、若い二人の将来がかかった大事な手みやげなのだ。

小萩は緊張した面持ちで座りなおした。

「精一杯、心をこめてつくらせていただきます。どのようなものがご希望でしょうか」

「卵の菓子がよいのではないかと。何事も丸く収まると申しますから」

おさゐが言った。

また、卵か。どうも、卵についている。

「そうでございますね。卵がかえって雛（ひな）になる。商売繁盛、子孫繁栄。色合いも金色でめでたいかと思います」

小萩は答えた。

「まあ、でも、半分は決まったようなものですから、そう堅苦しくお考えにならなくても結構です」

「はい。それをうかがって少し安心をいたしました」

小萩は茶をいれて、栗羊羹をすすめた。

「まあ、栗が大きい、そしてやわらかいわ」

おさゐは目を細める。

「じつはね、ひと月ほど前に神田で火事があったのを御存じですか？」

「はい。話だけですが」

「たまたま、娘がそのそばを通りかかりましてね、娘はお転婆なものですから、女中が止めるのもふりきって火事を見に行ったんですよ」

どこかで聞いた話である。

小萩はどきりとした。

「そのときにお年寄りを背負って走っている若者がいたそうなんです。自分の家のことは妹さんに任せて、近所のお年寄りを助けていた。娘からその話を聞いて、私も心を打たれました。今時、そんな感心な人がいるのかと、本当に驚きました。ねぇ、ふつうなら、一番に自分のことを考えるでしょ。親御さんの躾がよかったんでしょうねぇ」

その青年とは省吾のことではあるまいか。

「もしかして、その方は神田にある三河屋さんでは……」

「まあ、御存じなんですか」

おさゐが目を丸くした。

「ええ、ご近所の方に火事のときの話をうかがいました」

たちまちおさゐは相好をくずした。

「やっぱりご縁があるんだわ」

人を使って三河屋のことを調べさせると、両親はすでに亡くなって兄妹の四人で見世を切り盛りしている。商いは小さいが、堅実で昔からのつきあいのお客ばかりだ。本人についてもまじめで働き者だと、近所の評判もすこぶるいい。

「私も番頭を連れて見世に行ってみたのよ。本人も妹さんも、それはもう、感じがいいの」

亡くなった父親の姉が芝の小間物屋に嫁いでいることが分かり、そちらを通して話を進めることにした。

「本人にそれとなく、婿入りの気持ちがあるかたずねてもらったの。そうしましたらね」

おさゐは大きな張りのある目をさらに大きく見開いた。

「自分は三人の妹の親代わりである。妹たちを嫁にださねばならない。それがすむまで、自分のことは考えられないというんですよ。私は、それを聞いて、ますます大川端に来てもらいたいと思いました。最初は主人もあまり乗り気ではなかったのですが、そういう心がけの若者なら信用できると言い出しましてね」

大変なほれ込みようである。しかし、大川端と三河屋では同じ見世でも格が違い過ぎるのではないか。

「お婿さんということは、ゆくゆくは大川端のご主人になる方ですよね。こんなことを申し上げていいのかどうか分かりませんが、格式のある立派なお見世との縁談もあるのではないですか」

　小萩はたずねた。

「それはもう、もったいないような、いいお話はたくさんございますよ」

「三河屋さんはうなぎのことも、食べ物屋のご商売のことも、御存じないと思いますが、それは構わないんですか」

「うなぎを焼くほうは、この道何十年という職人がおりますから心配はないんです。商いについては、主人が伝えますから大丈夫。大切なのはね、本人の心根なんですよ」

　苦労して見世をはじめたのが初代なら、二代目はその背中を見て育つ。苦しい時代を知っているのである。ところが、三代目になるとすでに土台ができている。うまくいっている時代しか知らない苦労知らずである。

「売り家と唐様で書く三代目」という川柳がある。初代が苦心して残した財産を、三代目が遊芸にふけって商いの道をないがしろにする。ついに家を売りに出すほどに落ちぶれるが、その売り家札の筆跡は唐様でしゃれているという皮肉である。

「娘も厳しく躾けたつもりでしたが、やはり贅沢も知っていますし、わがままなところもございます。婿には乳母日傘で育った大店の息子ではなく、苦労を知っている人がいいと思っていたんですよ。自分をおいても他人に心を配るから、人がついてくる。そういう人を婿に迎えたいんです」

「さようでございますか」

それなら、省吾はぴったりだ。

「本人が最後まで心配されていた妹さんのことですがね。大川端といえば、少しは知られております。兄さんが婿になったといえば、妹さんのご縁も変わってくるでしょう。案じることはないですと申し上げたら、ご本人も納得されたそうです」

おさゐはそう言ってにっこりとした。

「では、もう、これは決まったお話なんですね」

「はい」

うなずくおさゐを見ながら、小萩はお道の顔を思い浮かべていた。

お道はこのことを知っているのだろうか。

頼まれた菓子を受け取りに来るのは夕方である。

小萩はどういう顔をして会ったらいいのだろうか。

「お菓子のことですけど、卵を使ったものですと、何がありますでしょうかねぇ」

おさゐがたずねた。

「たとえばかすていらにぼうろ、そのほか桃山（ももやま）とか、黄身時雨（しぐれ）などがございます」

「なんだか、ありきたりだわねぇ」

おさゐが首を傾げる。

「たとえば、正月料理に裏ごしした黄身と白身を重ねて二色にして蒸した錦卵というものがございます。二色を錦と語呂合わせして、錦織りなすあでやかさがございます。あちらは料理ですけれど、あんを加えて菓子に仕立てたものはいかがでございましょうか」

「なるほどねぇ。菓銘もめでたい席にぴったりだわ。そちらでお願いします」

「では、明日にでも見本をつくってお目に掛けます」

小萩の言葉におさゐはうなずいた。


おさゐを見送ると、小萩はなんだかとても疲れてしまった。がっかりしたと言ったほうがいいかもしれない。

お道が夕方に来ると言ったので、干し柿に黄身あんをつめた菓子はできあがっている。

年が近いせいもあって、小萩はお道に肩入れしていた。

家が近所で、昔からお互いをよく知っている。家族ぐるみのつきあいである。そういう二人が一緒になる。

姉のお鶴も仲良しのお駒やお里も、そんな風にして自分にふさわしい相手を見つけ、いっしょになった。

お道もそうなるはずだった。でも、違ってしまった。

あの火事さえなかったら。

つい、そんなことを思ってしまう。

困って台所に行くと、須美がごぼうをささがきにしていた。

「今日のごはんは何？」

「いわしのつみれ汁をつくろうと思って」

手開きにしたいわしをたたいて、味噌やおろし生姜などを混ぜて団子にし、にんじんやごぼうなどといっしょに汁にする。須美のつくるいわしのつみれ汁はふんわりとやわらかく、うまみがある。とくに幹太は大好物で、いわしのつみれ汁ときくと歓声をあげる。

「いわしのつみれ汁を食べるようになったのは須美さんが来てからね」

小萩は言った。

「そりゃあそうよ。お菓子屋さんの手が魚臭かったらがっかりだもの」

須美は笑った。徹次が仕切る仕事場が四人、須美と清吉、小萩、弥兵衛やお福が加わることもあるから多い日は九人になる。小さないわしなら三十四から四十四も手開きするのだ。いわしの臭いが手に沁みつく。

「楽しみだなぁ」

そんなことを言いながら台所からなかなか出て行かず、うろうろしている小萩に須美がたずねた。

「なにかあったの？　お客さんのこと」

「うん。もうしばらくしたら来るお客さんなんだけど……」

小萩はお道のことを話した。

「そうねぇ。困ったわねぇ。でも、そういう話はすぐに近所の噂になるからお道さんの耳にも入っていると思うわよ」

須美は静かな声で言った。

「そうよねぇ」

だが、それはそれで気持ちが重い。お道はどんな顔で来るだろう。ひどく消沈していなければよいが。

半時（約一時間）ほどしてお道がやって来た。小萩の予想に反してお道は明るい表情をしていた。

奥の座敷に入ると、お道は頭を下げた。

「じつは、こちらに謝らなくてはならないことがあるんです。ちょっと事情がありまして、お願いしていたお菓子を取りやめさせてほしいんです。いろいろ考えていただいたのに、申し訳ありません。お代はちゃんとお支払いをいたしますから」

お盆のように丸い顔の、丸い目が悲し気な三日月の形になった。

「そうですか……」

小萩は何と言っていいのかわからなくなった。お道は黙ってうつむいている。

「あの、もう、できあがっているんです。ご覧になりませんか」

明るい声を出してみた。お道も笑顔になった。

「そうですね。せっかくだから。私もどんなお菓子になったのか見たいです」

小萩は木箱を取り出した。

「とろっと甘い干し柿の中に黄身あんが入っています。白あんに卵の黄身をたっぷり混ぜています」

「きれいねぇ。それに、とってもおいしそう」

お道は無邪気な笑みを浮かべた。

「金色羹にも負けないおいしさですよ。お味見をしませんか。今、お茶をいれます」

考えているお道にかまわず小萩は茶をいれ、菓子を銘々皿にのせてすすめた。

「なんていうお菓子なんですか？」

「柿のしずくと名づけました。一口いただくと笑顔になって、二口目で元気になります」

「やっぱり、いただきます」

お道が元気のいい返事をする。楊枝を入れて、鮮やかなだいだい色の中から、卵色が見えると歓声をあげた。

「うわぁ。やわらかい。おいしいわ。ほんと、元気が出そう」

「このまま、持っていきませんか。箱に詰めますから」

お道は一瞬黙った。やがて淋しそうな表情になった。

「やっぱり、これは受け取れません。事情が変わったんです。本当に残念なんですけど」

じっと菓子を眺めている。その姿を見ている小萩は自分のことのように切なくなった。力になりたいと思った。

そうだ。この部屋は「おかみさんの大奥」ではないか。みんながここで胸の内をしゃべって、また明るい気持ちで帰って行っていた場所だ。

「もし、よければ、少し、事情を聞かせていただけませんか。このお菓子は仲良しの方のお見舞いですよね」

「ええ。近所の味噌屋さんに千代さん、美代さん、加代さんという三人姉妹がいて、以前から親しくさせていただいています。お菓子は一番下の加代さんのお見舞いの品です」

「だったら……」

小萩はつい言葉をはさんでしまった。

「ぜひ、お菓子をお持ちください。加代さんはもちろん、千代さんや美代さん、お兄さんの省吾さんにも喜んでいただけると思います」

省吾の名前が出ると、お道の表情が硬くなった。

「そういうわけにはいかないんです」

お道は唇を噛んだ。やがて、顔をあげると言った。

「今、省吾さんに縁談が来ているんです。先方は大きなお見世で、そこのお婿さんにならないかっていう話です。そうなれば、省吾さんだけでなく、妹さんたちも……お金の心配とか、いろいろしなくてもよくなるんです」

「それは、すばらしいですね」

「ね、そうでしょう。私の両親も近所の人も、省吾さんと妹さんには幸せになってもらいたいって願っているんです。だから、そういう大事なときに、私がお菓子を贈ったりすると、よくないんです。ひとり、噂好きで、いろいろ言う人がいるんですよ。だから、私は遠慮したほうがいいんです」

お道はきっぱりとした調子で言った。

でも、少し考えすぎではないだろうか。

「このお菓子は省吾さんにではなく、妹さんに贈るものですよね。そんなに気を回さなくてもいいんじゃないですか」

つい、思ったことをそのまま口にしてしまった。その途端、お道の口が「へ」の字になった。頬が染まり、涙が浮かんだ。

お道は何も答えず、うつむいている。しばらくそうしていたが、小さく息を吐くと顔を上げた。

「そうですよね。やっぱり、そう思いますよね。この前、いらしたとき、省吾さんと会っていますものね。私とじゃ全然、釣り合わないですよね。誤解する人なんかいませんよね。分かっているんですけど……」

「いいえ。そういうつもりではないです。お道さんもとってもかわいらしいです」

なぜか妙に白々しく響いた。

「いいんです。自分でも分かっているんです。だけど、ずっと、ずっと……」

ぽとん。お道の膝に涙が落ちた。

泣かれてしまった。

「ですから、お菓子は受け取れません。これはお代です」

お道は懐から財布を取り出して小粒をおいた。

「……いただきすぎです」

「いいえ。払わせてください。払いたいんです」

立ち上がると逃げるように、お道は部屋を出て行った。

泣きながら駆けて行くお道の背中を、小萩は切ない気持ちで見送った。

「なんだ、どうした。何があった」

徹次が驚いて小萩に声をかけた。

「話を聞いているうちに泣き出してしまって」

「菓子はどうした」

「受け取れないと言われて……。お金はおいていかれました」

「そうか。そういうことになったか」

徹次は困った顔になった。

お客が帰って人気のない見世でぼんやりと立っていると、留助が顔を出した。

「さっきのお客、菓子も持たずに帰っちまったのか。よくできていたのにな」

「取りなそうと思ったのに、かえって傷つけてしまった。やっぱり、おかみさんのようにはいかないわ」

留助ははは と声をあげて笑った。

「そりゃあ、おかみさんの真似をしてもだめだよ。年季が違うもん。だいたい、おかみさんの大奥に来るお客は、昨日、今日来た客じゃないんだぜ。五年、十年と通って来ている」

もちろん、多くはそうだ。だが、お福は見世に来て間もないお客の心を開かせることもできる。心を開くとは、にこにこ笑って機嫌よく見世を後にしてもらうという意味で、お道の場合のように泣きながら駆けだすことではない。

「おかみさんは苦労人だからね。心のひだってもんが分かる。そこいくと、小萩はのんきだからね」

「そんなこと、ないわよ。考えることはたくさんある」

「そうかぁ、俺から見ると、悩みもなんにもなさそうだよ。明るくて元気で、毎日菓子食ってりゃあ楽しく幸せだってな」

――だけど、俺にはなんだか少しまぶしいんだ。

突然、伊佐の言葉が思い出された。

私じゃないんだ。

小萩の思いはやっぱりそこに戻ってしまう。

のんきで幸せだから、他人の気持ちが分からないということか。今度は小萩が泣きたくなった。

三

大川端に依頼されていた見本ができたので、小萩は伊佐といっしょに届けに行った。

水天宮（すいてんぐう）からほど近いところにある大川端は、粋（いき）な竹の囲いのある大きな建物だった。見世の前には打ち水がしてあり、二階は宴会でもあるのかにぎやかな人の気配があった。

「立派な見世だなぁ」

伊佐がつぶやいた。小萩は道々、省吾がどういう人で、どんないきさつでこの見世に婿入りすることになったのか話した。

「だから、この菓子は先方に挨拶に行くときの菓子なんですって」

小萩は言った。

「そうすると、省吾って男はこの見世の婿になって、いずれは三代目を継ぐのか。大出世だな」

世間的なことにはふだんあまり頓着しない伊佐も、このときばかりは驚いた顔をした。いろいろな思いがあっても、小萩は伊佐とふつうに話をしている。伊佐も今まで通り接してくれている。ただ、お互い母親のことには触れない。

勝手口にまわり、用件を伝えると、おさゐが待つ奥の部屋に通された。

「ご依頼のお菓子の見本をお持ちいたしました」

小萩が木箱を差し出した。

「まぁ、かわいらしい。錦卵っていうから、どういう風になるのかと思っていたら、こんな形になるんだねぇ」

おさゐは声を上げた。裏ごしした卵の黄身と白身にそれぞれ白あんを加え、上半分が黄色で下半分が白の鈴の形にまとめてある。そこに煉り切りで赤と白のひもをつけた。中は小豆あんだ。

「鈴は古来、神仏の神聖な儀式に鳴らされます。清らかな鈴の音が響き、両家の繁栄を寿ぐようにと願いをこめました」

小萩が説明をする。

「お奈津、来てごらんよ。三河屋さんに持っていくお菓子の見本が届いたんだ」

おさゐに呼ばれて黄色の地に秋草の刺繍をほどこした振袖を着た娘が姿を現した。その途端、まわりがぱっと明るくなった気がした。

「省吾さんのところに持っていくのでしょ」

お奈津はおさゐの隣にちょこんと座ると、木箱をのぞきこんだ。白い小さな顔に母親ゆずりの大きな張りのある目と豊かな黒髪をしている。

「まあ、おいしそう。これは、食べてもいいの？」

天真爛漫で明るい。それが、この娘の魅力にもなっている。

「はい。お味もお試しください」

小萩が答えた。

おさゐは女中を呼んで器に取り分けさせた。二人は母子というより、姉妹のようだ。お奈津もおさゐのように、美しく年を重ねることだろう。

小萩はついお道のことを考えてしまう。

若者が裕福な家の美しい娘を断り、貧しい幼なじみを選ぶという筋の芝居を観たことがある。けれど、現実にはなかなかそうはならない。

そもそも、省吾はお道のことをどう考えていたのだろう。幼なじみとか、妹の友達で、特別な気持ちはなかったのかもしれない。

小萩があれこれと思う間に、おさゐとお奈津は菓子を食べ、楽しそうにおしゃべりをはじめた。

「今度、お茶の会があるでしょ。そのときにも、このお菓子を使いたいわ。きっとみんな喜ぶわよ」

「そうだねぇ。それはいい考えだねぇ」

今回だけでなく、次回の注文まで受けて小萩と伊佐は大川端を辞した。

行きは菓子があるのでゆっくりだが、帰り道になると伊佐の足は速い。小萩は後についていくために小走りになる。

「俺に無理について来ないで良いよ」

振り向いて伊佐が言った。

「どうして、そんな淋しいこと言うの……」

小萩は悲しくなった。伊佐についていきたいのに。お道と省吾のことが頭をよぎる。

「分からない奴だなあ。そんな風に走ったら疲れるじゃないか。俺は一足先に帰っているから、小萩はゆっくり後からくればいい」

「そんなこと言わないでよ。私が遊んでいるように思われる」

伊佐といっしょに帰りたいという一言が、小萩の口から出ない。

「だれもそんなこと、思わねぇよ。男の足と女の足は違うんだ。俺はやらなくちゃならねぇこともあるしさ」

「あたしだって、あるもの」

「じゃあ、勝手にしろ」

伊佐は足を進めた。

小萩は息がきれそうになり、それを気づかれるのも悔しくて、顔をまっかにしてついて行く。

気づくと少し楽になった。伊佐が歩を緩めているのだ。

「この前は、肌着、ありがとうな」

伊佐は背を向けたまま言った。

「おふくろがあの肌着を気にいってさ。あれじゃないと、嫌がるんだ。寝てばっかりいると思っていたけど、そういうことは分かるんだな」

「喜んでもらえてうれしい」

小萩は息が上がっているのを悟られないようにゆっくりとしゃべった。

「あの小屋の様子見て、びっくりしただろ。ほんとにひどい病人ばっかりだもんな。それでも、あそこに連れてきてもらってよかったんだ。金がなくても面倒見てもらえるからさ」

伊佐は問わず語りのようにつぶやいた。

「ずっと体が悪いの知っていながら働いていたんだよ。とうとう動けなくなって、知り合いがあの寺に連れて来た。寺の人が身内はいないのかって聞いたけど、おふくろはなかなか俺の名前を出さなかった。だけど、その知り合いは俺のことを聞いていたから、寺に伝えた。それで、寺から俺のところに報せが来た」

「それは、いつのこと」

「もう、三月（みつき）になるかな」

伊佐はそのことを徹次やお福にも伝えず、自分一人の胸にかかえていた。

「どうして黙っていたの？　聞いたら、親方だって手を貸してくれるのに」

「だって、みんなには関係ねぇよ。俺だけのことだ」

伊佐はきっぱりと言った。

「人に迷惑をかけたくねぇ。てめぇのことは、てめぇで始末したいんだ」

平らで硬い背中が一瞬、壁のように見えた。

伊佐はしばらく黙って歩いていたが、急に足を止めて小萩を振り返った。

「あんたは、俺のことをかわいそうな人だと思っているんだろ。だけどそうでもないんだよ」

いつものように片頬だけで笑って、そう言った。

それは本心なのか、それとも強がりなのか分からなくて小萩は伊佐の顔を見つめていた。

夕方、小萩が仕事場に行くと、徹次を中心に留助、伊佐、幹太の三人が蒸籠（せいろ）から菓子を出しているところだった。

「おう、おはぎ。例の卵を使わない卵の菓子をつくってみたんだよ」

幹太がうれしそうな顔で言った。

近づいてみると、まな板の上に白く丸い温泉卵のようなものがのっている。外側はふるふるとゆれるやわらかそうな生地で、中のだいだい色がうっすらと透けて見える。

伊佐が包丁ですぱりと切ると、黄身に似せた鮮やかなだいだい色の球体が現れた。

「葛（くず）まんじゅう？」

「まあ、食べてみろよ」

留助がにやりと笑う。

一切れ口に入れるとぷるぷると不思議な食感があった。ほのかに異国の香りがして、甘酸っぱい杏の味が広がった。

「すごくおいしい。だけど、初めて食べる不思議な味」

「驚いたか？」

幹太がたずねる。

「うん。びっくり。何が入っているの？」

「外は葛だ。まあ、ほかにもいろいろ入っているけど。ちょっと独特の風味があるだろ。それは杏仁って言って杏の種の中身を粉にしたものだ。黄身のところは杏の甘煮を裏ごしして白あんと混ぜている」

伊佐が説明をした。

「本当はさ、楊枝を刺すと、とろっとだいだい色のあんが流れるようにしたかったんだ。けど、そうすると食べにくくなるからさ」

「上品な方々なんだ。着物なんか汚しちゃ大ごとだ」

留助が大真面目な顔で言う。

徹次や留助たちも味見した。

「よし、こんなところだな。これを明日、山野辺藩に納めてもらおう」

徹次が言った。

「菓銘はなんてしますか」

小萩はたずねた。

「そうだなぁ。『暁玉子』はどうだ？」

徹次が言う。

「そのまんまじゃねぇか」

幹太は遠慮がない。あれこれ言い出したが、結局、分かりやすいと暁玉子に決まった。

翌日、弥兵衛と小萩で山野辺藩に持っていった。

この日にかぎって台所役の二人はさほど待たせずに出て来た。

「どのような菓子であるか」

頼之が言う。

弥兵衛が重々しい様子で重箱の蓋を取った。

勝重と頼之は菓子をながめ、一瞬だまった。やがて遠慮がちに頼之がたずねた。

「これは、卵の菓子か？」

「ゆで卵に似せておりますが、卵は使っておりません」

「そうか……」

また、だまって眺めている。

「中はどうなっておる？　卵の味がするのか？」

めずらしく勝重が口を開いた。

「食べていただければ分かりますが、外はごくごくやわらかく、不思議な香りがいたします。中はこれまた口どけよく、甘酸っぱくて品のよい味になっています。外と内とが口の中でひとつになり、えもいわれぬ美味となります」

弥兵衛が答える。

「なるほどなぁ。話に聞くだに、楽しみだが……。金色羹も結局、食べてみずじまいだった」

頼之が思わずつぶやいた。

そうなんですか？

思わず、小萩は聞き返しそうになった。

「あ、いやいや、これはこちらの話だ」

あわてて頼之は言葉をにごした。

奥女中をしているお道の遠い親戚も味わった金色羹は、なぜか台所役の口には入らなかったらしい。

すぐに頼之は気持ちを切り替えたらしく、いつもの硬い表情になる。

山野辺藩上屋敷を辞して、弥兵衛に一歩遅れて小萩は歩いていた。

よく晴れて明るい日差しの穏やかな日である。

「旦那さん、私って苦労知らずに見えますか」

小萩は弥兵衛の後ろ姿にたずねた。

「見えるんじゃなくて、そのまんまだろ。なんだ、苦労しているように見えたいのか」

弥兵衛が聞き返す。

「そうじゃないんですけどね。苦労していないと、心のひだってものが分からないんじゃないかと思って」

「ひだねぇ……。まぁそうだなぁ。元気なやつは、病気の人の気持ちが分からないって言うからなあ。だけど、小萩は明るくて元気がよくて屈託がないところがいいんだぞ。俺は湿っぽい奴は嫌いだ」

「そう言ってくれるのは、旦那さんだけです」

「なんだ、何かあったのか」

小萩は小さくうなずく。

「この前、大川端って見世に菓子を届けに行った帰り、伊佐さんに言われたんです」

――あんたは、俺のことをかわいそうな人だと思っているんだろ。だけどそうでもないんだよ。おふくろは死にそうで、たぶん助からないのに、大事な本を質に入れて薬代に換えた。損ばっかりしていると思うだろ。そうでもないんだよ。これは、これで俺はけっこう幸せなんだ。

「そうか。あいつは、そんなことを言ったのか」

弥兵衛はひとりで納得している。

「旦那さんやみんなに事情を話せばいいのに、それもしないでひとりで抱え込んで、それで幸せって、やっぱり変じゃないですか」

「そうだなぁ。まあ、何を幸せに思うかは人それぞれだからさ。他人には分かりづらいけど、伊佐には伊佐の幸せってやつがあるんだよ。まあ、小萩ももう少し大人になれば気がつくよ」

気がつかないのは、小萩が苦労知らずだからだろうか。

だとしたら、小萩は永遠に伊佐のことを分からないのかもしれない。

「なんだ。急に黙っちまったな」

弥兵衛が言った。

「人の気持ちを分かるようになりたいです」

小萩の言葉に弥兵衛は声を上げて笑った。

「いいか、他人の気持ちが分かるなんて嘘っぱちだぞ。女房も親子もせんじ詰めれば他人だ。俺は、いまだにお福が何を考えているのか分からない。分からねぇから、面白れえんだ。そう思わねぇか」

つまり、伊佐のことは分からない。伊佐も小萩を分からないということか。なんだか、がっかりである。

「お、この銀杏もすげえな」

急に弥兵衛が立ち止まった。神社の銀杏が葉を金色に輝かせている。

「そうだ。須美さんがこの前、いわしのつみれ汁をつくったんだってな。俺は、つみれ汁じゃなくて揚げた方が好きなんだ。ごぼうとか、にんじんを入れてさ、さつま揚げっていうのかな。今度はそっちを頼む。そんときは食べに行くから」

弥兵衛はのんきにそう言うと歩き出した。小萩は黙って後を追った。足元の落葉がかさこそと音を立てた。

涙の虹と栗汁粉

一

　夕餉のとき、突然、幹太の幼なじみの五郎がやって来た。

「幹太いるかぁ」

　裏の戸を開けて叫んだ。

「おう。今、飯を食っているんだ。ちょっとそこで待ってろよ」

　幹太が鷹揚に答え、五郎は上がり框に座った。

　昨日も一昨日も来ていたという顔で五郎は入って来たけれど、こんな風にやって来るのは二年ぶりだ。

　五郎は花火師の息子で、名人といわれる尾張の花火師の元で修業をしている。しばらく家に帰っていないから、親に顔を見せてやれと休みをもらったそうだ。

　尾張に行く前の五郎は背が高くやせていた。二年の間にさらに背が伸びて、長い手脚を持て余すようにしている。

しばらくすると、もう一人、やってきた。こちらは喜助という。植木屋の息子で今は駒込の親方の元で仕込まれている。

「お邪魔します」

ぺこりと頭を下げて挨拶をした。小柄だった喜助は、やはり少し背が伸びて肩幅も広がって力のありそうな体になっていた。

幹太の夕餉がすむと、三人は奥の部屋に入っていった。なにやらごそごそ話をしている。時々、笑い声がする。ふざけて取っ組み合いでもはじめたのか、どしんばたんと派手な音を立てはじめた。

一体、何をしているのかと小萩は不思議に思う。

娘たちなら、好きな人の話だ。それからおしゃれについて。流行りの髪型とか、着物のこと。あれやこれやである。男の場合はなんだろう。

突然、部屋から三人のはじけるような笑い声が響いた。

「楽しそうねぇ。男の子にも、箸が転んでもおかしいって時があるのかしら」

くすくすと須美が笑った。

しばらくすると、幹太が台所にやって来た。

「五郎の奴さ、もう明日、帰るんだ。そいで、最後に何が食べたいかって聞いたら、おふくろのつくったお楽しみ焼きなんだってさ。俺がつくることにしたから、ちょっと台所借りてもいいか」

　須美と小萩は顔を見合わせ、同時にたずねた。

「お楽しみ焼きってなあに？」

「そうか。知らねぇのか。まあ、見てろよ。これがうまいんだって」

　幹太は仕事場から卵と砂糖と粉を持ってくると、混ぜはじめた。五郎と喜助もやって来て手伝いはじめる。

「どら焼きを焼くの？」

　小萩がたずねると、喜助が「ご名答」と言い、五郎が「でも、違うんだ」とにやりとした。

　幹太が油を薄くひいた鍋に生地をお玉ですくって細く流した。黒ごまで目をつけると、鳥になった。

「あら、上手ねぇ」

　須美が目を見張った。

　今度は丸く流して三角の耳をつけた。どうやら、猫のつもりらしい。五郎が海苔（のり）を切って目鼻をつける。

鳥、猫、犬、たぬき。たちまちざるの上に、たくさんの動物の顔や姿が並び、台所には砂糖と卵の甘い香りが漂った。

「なんだ、懐かしいものをつくっているんだなぁ」

徹次が台所に顔をのぞかせて言った。

「ああ、お葉さんの菓子だ」

伊佐もやってきて、うれしそうな顔をする。

「そうだ。そうだ。こういうものがあった」

留助が膝を打った。

「このたぬき、笑っているわよ。こっちはすねてる。楽しいわねぇ」

須美が笑う。

「おふくろはもっときれいな形にできたよ」

幹太が言う。

できあがったお楽しみ焼きに蜜をかけて、みんなで食べた。まだ少し温かく、端の方はぱりぱりでまん中はやわらかく、やさしい味がした。飾らないおいしさだった。

「五郎ったらさ、尾張にいるときからずっとこれが食べたかったんだってさ」

幹太は誇らしげに頬を染めた。

「なぜだか急に思い出してさ。だけど、どこにも売ってねぇんだよ。当たり前だよな」

五郎が目を細める。

「おばちゃんの特製だもんな」

喜助が名残惜しそうに最後の一口を口に運びながらつぶやいた。

「そんなに思ってくれてありがたいよ。昔と同じ味がしたか」

徹次がたずねた。

「うん。思った通りのおいしさだった。帰って来た甲斐があった。なんでこんなにおいしいんだろうな。どら焼きの皮だけ食べても、こういう気持ちにはならねぇのにさ。やさしかったおばちゃんのことを思い出すからなのかなぁ」

五郎が言うと、喜助もしんみりとした顔になった。

「そんなこと家で言ったら、お前のおふくろさんにどやされるよ。うちだって、おいしいものを食わせているだろうって」

留助に言われて五郎は首をすくめた。

お楽しみ焼きのことは、お葉が日々、自分が考えた菓子を書き留めた菓子帖には載っていなかった。あまりに簡単だったからだろうか。書き留める必要もないほど、たびたびつくっていたのだろうか。

帰り支度をしている伊佐に小萩はたずねた。

「伊佐さんも、お楽しみ焼きのことを覚えている?」

「ああ。すごくよく覚えている。お葉さんが台所に立って、お玉を持っている様子が思い浮かぶ。俺がここの家に来て、最初につくってくれたおやつがお楽しみ焼きだった」

伊佐は遠くを見る目になった。

「その時お葉さんが言ったんだ。大丈夫だよ。あんたのおかあちゃんは必ず戻って来るからね。それまで、この家で暮らそうね。ここで、おかあちゃんのことを待つんだよ。あのころ、おふくろが戻るって言ってくれたのは、お葉さんだけだった」

小萩ははっとしたが、伊佐はいつものように淡々とした表情をしていた。

伊佐は七つのとき、母親に去られてひとりで長屋の部屋に残された。

飲まず食わずで倒れているところを近所の人が見つけて、大家が昔からよく知っていた二十一屋に連れて来たと聞いた。

母親は家を出るとき、遅くなるけれど戻るから心配するなという意味の、二重丸を書いた紙を残していった。それを見た伊佐は、母親は必ず戻るから、どこへも行きたくないと言い張ったそうだ。

伊佐は母親に強い絆を感じていたから……と、小萩は素直に考えていた。

だが、もしかしたら逆なのかもしれない。

伊佐は母親が帰ってこないことを予想していた。だから、あえて言い張った。

いや、そんなこと、あるはずがない。

小萩はあわてて自分の思いを振り払った。

伊佐が出て行き、留助も荷物をまとめはじめた。

「伊佐には友達ってもんがいねぇんだよな」

ふと思い出したように留助が言った。

考えてみればその通りだ。伊佐から親しい友人の話を聞いたことがない。

「仕事が忙しいからじゃないの」

小萩はつい伊佐を弁護する言い方になった。

「いくら忙しくたって友達はできるよ。小萩だって、ここに来てすぐお絹ちゃんと仲良くなった。お文さんのところにもちょくちょく行くじゃねぇか」

お絹は隣の味噌問屋で働いていた娘だ。

「友達ってのはいいもんだ。ばかなことを言っていっしょに笑う、困ったときには相談にのってもらう。たまには愚痴をこぼす。だけど、伊佐にはそういう相手がひとりもいない。だから全部、自分で背負うしかねぇんだよ。気の毒に」

留助は伊佐と母親とのことを指しているに違いない。

「伊佐さんは友達をつくろうって気持ちがないのかしら」

「ないんだろ。こんなに長くいっしょに働いているけど、あいつはどこか他人行儀ってていうか……、壁があるんだなぁ」

小萩も同じことを感じていた。

母親のことに手を貸したいと言ったら、まるで、見えない壁でもあるかのようにパンと跳ね返された。余計なことをしたと、手を差し出したこちらが気まずい思いをした。

「どうしてかしら」

「やっぱり、おふくろさんに出て行かれたことが大きいんだろうな。突然、おかあちゃんがいなくなっちまったんだ。一番頼りにしていた人が消えたんだぞ。そりゃあ、厳しいよ」

留助は大きなため息をついた。

「そうなると、世間の人はあれやこれや言うだろ。やさしかった隣のおばちゃんが手の平を返したように、悪口を言いはじめる。文句をつけたくても肝心のおかあちゃんは戻って来ない。傷つくよなぁ。もう、金輪際（こんりんざい）、人のことなんざ、信じねぇって思うよ」

留助は断言した。

小萩は客先をたずねて神田に行った。注文をもらって帰り道、気づくと、医王寺の前に来て山門を見上げていた。どれぐらいの間そうしていただろうか。

「中へお入りになりますか」

以前、会ったことのある僧侶に声をかけられた。

「いえ、用事があって近くまで来たものですから。私はここで」

小萩は頭を下げた。いったんは帰りかけたが、あわてて僧を追いかけてたずねた。

「あの、伊佐さんのおかあさんの容態はいかがでしょうか？」

「安乃（やすの）さんですね。一進一退というところです」

難しい顔で答えた。小萩は伊佐の母親が安乃という名前だとはじめて知った。

「息子さんはやさしい方ですね。安乃さんも息子さんが来るのを待っていますよ。私たちが勧めても食が進まないのですが、息子さんが言うと少しずつでも食べてくれます。やはり、食べないと力がつきませんから」

「そうですか。それはよかった。教えてくださってありがとうございます」

小萩は改めて礼を言った。

淡い色の空が広がっていて、ひよどりが甲高（かんだか）い声で鳴いていた。

七つで牡丹堂に来た伊佐は半ば家族のように育てられたそうだ。幹太は兄のように慕っているし、徹次は職人としての技を仕込んだ。お福は慈(いつく)しみ、弥兵衛は期待した。亡くなったお葉も心を配ったことだろう。

それでも、伊佐の心の中には壁がある。伊佐は母親のことをすべて自分ひとりで背負っている。

みんなに迷惑をかけたくない。自分の親のことは自分でなんとかする。

それは伊佐の意地であり、けじめであり、母への気持ちなのだろう。

けれど、それはずいぶん淋しい生き方だ。

人は頼ったり、頼られたりするものではないのか。頼られたらうれしいし、好意に甘えたり、少々迷惑をかけるのも、信頼の一つの形かもしれないのに。

小萩は悲しかった。

堀の近くに来ると、ぼんやりと水面(みなも)を眺めている娘の姿があった。

瀬戸物屋のお道だった。あの日泣きながら帰っていったけれど、今も淋しそうな背中をしていた。やはり省吾の縁談のことがこたえているのだろうか。

みんなが喜んでいるだけに、お道は切ないだろう。

そもそも省吾はお道のことをどう思っているのだろう。

お道は確かめたことがあるのだろうか。

いや、ないに違いない。

それは、口で言うほど簡単なことではないのだ。

返事を聞くのが怖いのだ。「妹の友達だよ」というのは、まだよい。困った顔をされたり、変にぎくしゃくしてしまうかもしれない。

それなら、今のままでいい。近所の娘さんで十分だ。

きっと、お道はそう考えているにちがいない。

いや、待てよ。これはお道のではなく、小萩自身の悩みではないか。

――ああ、やんなっちゃう。

思わず口に出して言った。まったく意気地がない。いつまで、ぐるぐるとひとところに留まっているのだろう。

牡丹堂に戻ると、仕事場で留助と幹太がお道に渡すはずだった干し柿に黄身あんをつめた菓子を食べていた。

「あれ、その菓子……」

「見世で出そうかって親方が言い出して、もう一度つくってみたんだ」

留助が小さく切ったものを手渡した。

とろりとやわらかく甘い干し柿とまろやかな黄身あんの味が口に広がった。

「卵の味が濃くておいしいよな。これは男にも受ける味だ」

幹太がうなずく。

「お道さんに受け取ってもらいたかったなぁ」

思わず小萩はつぶやいた。

「妹の見舞いだって話だけど、どっちかってーと兄さんの方に食べさせたかったんじゃねえのかい。でも、その色男は大川端の娘に見初められた。婿入りの話が進んでるってんじゃ、分が悪いや」

留助がからかう。

「大川端って、この前注文があった見世じゃないか」

幹太が言った。

「そうだよ。だから、小萩庵が大変なんだよ。一人の男をめぐる二人の恋敵の菓子を同時に頼まれちまった。まるで芝居だね」

「留助さん。面白がらないでください」

小萩がいさめる。

「その人はそんなにいい男なのか？」

　幹太がたずねた。

「両親を亡くして、三人の妹と一緒に暮らしているの。働き者でみんなにやさしいから、近所の人もみんなほめてるわ。この前火事になったときには、近くに住むお年寄りの家をたずねて、助け出したの。それを見ていた大川端の娘さんが好きになって、話を聞いたおかあさんも、気に入ったのよ」

「そうか。そういう人か。じゃあ、菓子も届けてやったらいいんだよ。おいしいお菓子です。甘い物はお好きでしょうって。心のまっすぐな人なんだ。素直に喜ぶよ」

　口をもぐもぐさせながら留助が言う。

「そうだよ。金ももらっているんだろ。こんなうまい菓子、食べないなんてもったいないよ。俺がささっとつくってやるから、持ってけよ」

　幹太が言葉に力をこめる。

「向こうの家に直接届けたらいいんだよ」

　留助も続ける。

　二人が口をそろえたので、小萩も心を決めた。菓子を見たら、省吾はなにかを感じるかもしれない。おせっかいと思われたっていい。お道の気持ちを、ちゃんと三河屋さんに届けたい。

小萩は、もう一度、柿のしずくをつくって三河屋をたずねた。

「はい。何をご用意しましょう」

小萩と同じくらいの娘が出て来た。省吾に面差しが似ている。姉の千代ではあるまいか。

「日本橋の二十一屋という菓子屋です。こちらに加代さんという方はいらっしゃいますか」

「加代は下の妹ですが」

「沢屋のお道さんからご注文をいただいておりまして、加代さんのお見舞いのお菓子をお届けに上がりました。ご養生いただきたいとのことで、精のつくお菓子をご所望でした」

「え、お道ちゃんから加代にお菓子？」

娘は大きな声をあげた。

「おねえちゃんどうしたの？」

奥からも一人、娘が出て来た。こちらは、中の妹、美代らしい。

「お道ちゃんが加代にお菓子を贈ってくれたんだよ」

「ええっ。加代、早くおいでよ。お道ちゃんがあんたにお菓子を贈ってくれたんだよ」

二人は大きな声をあげた。

「なんだ、どうしたんだ」

奥から省吾が姿を現し、少し遅れて、もう一人娘が姿を現した。

「え、お菓子？　どうして？」

「だから、あんたが風邪ひいて熱がひかないなんてお道さんに言うから、心配してくれたんだよ。お道ちゃん、やさしいね」

「ねえ、ねえ、どんなお菓子？　早く、開けてみようよ」

三人がいっせいに口を開いた。それはまるで小鳥が鳴き交わしているように、にぎやかだ。

姉の千代の年はお道と同じくらい、真ん中の美代は一つ、二つ下か。十五と聞いた三番目の加代はまだ幼い感じがした。千代は背が高く、美代は丸顔で、加代は色が白い。それぞれ顔立ちが違っているのだが、三人そろうと一目で姉妹と分かるのは、なぜだろう。そこに省吾が加わると、仲の良い兄妹だということが伝わって来る。

加代が細い指で包みをほどき、木箱を開けた。

「わあ、きれい」

千代が声をあげ、「かわいい」「おいしそう」と美代、加代が続く。

「何？　干し柿」「え、でも、中に何か入っているみたい」「そうよ。お菓子屋さんだもの」「中はあんこじゃないの？」「白いの？　小豆のあん？」

また、三人がいっせいにしゃべり出す。

「それは、干し柿の中に黄身あんが入っています」

「聞こえたか。干し柿の中に、卵の黄身を使ったあんが入っているんだってさ」

省吾の一声に三人は目を輝かせてうなずく。

お兄ちゃんの言うことには、みんな素直に従う。

「五つあるね」

箱をのぞきこんだ加代が言う。

省吾と三人の妹。そこにお道にも加わってほしいと、菓子は五つにした。

「そうだなぁ」

省吾が首を傾げた。

「お道ちゃんを呼んでこよう。それで、いっしょに食べよう」と千代。

「そうだ。それがいい」美代と加代は声を合わせる。

その言葉が終わらないうちに、美代が下駄の音を鳴らして駆け出していた。

お道は来てくれるだろうか。小萩は一瞬、不安な気持ちになった。

「では、私はこれで」

小萩が見世を出ると、通りの向こうから美代と手をつないだお道がやって来るのが見えた。

「え、なに？　お菓子なんか頼んでないよ」

「だって、お菓子屋さんがお道っちゃんに頼まれたって持って来たよ」

二人の話し声が聞こえる。

「どこのお見世？」

「日本橋の二十一屋」

「え、どうして……」

お道と目が合った。小萩が小さく頭を下げる。

「悪かったなぁ。加代のために散財させた。ありがとうな」

省吾が迎えに出ると、たちまちお道の頬が染まった。次の瞬間笑顔がはじけた。

よかった。お道に喜んでもらえた。

小萩は安堵した。

呼び止める声がして小萩が振り向くと、お道が追いかけて来た。

「お菓子、ありがとうございます」

ぺこりと頭を下げた。

「勝手なことをしました。とってもおいしくできたので、食べてもらえないのはあまりに残念だったので、つい持って来てしまいました」

小萩は答えた。

「この前、大川端さんからの鈴のお菓子もお裾分けでいただきました。とっても、かわいらしくておいしかったです」

用意したのは二十個余りだ。家族で食べて、残りは近所に配ったのだろう。

「一ついただいたのを家族四人で分けていただきました。省吾さん一家が幸せになるようにって心の中で思いながら。……この間はごめんなさい。……びっくりしたでしょう」

お道は恥ずかしそうな顔をした。

「このごろ、私、少し変なんです。急に怒ったり、泣き出したり。どうしたのかしら」

「そういうこと、ありますよ。私もです」

小萩の言葉に、お道はうなずいた。

「早くおいでよ」

遠くで美代の声が聞こえる。

「本当に、ありがとうございます。小萩庵さんにお願いしてよかったです。これで、本当に気持ちの整理がつきます」

お道は晴々とした顔になる。お礼を言いたいのは小萩の方だ。

「また、お見世にも来てください。おいしい大福もどら焼きもありますから」

小萩はお道の後ろ姿に声をかけた。

二

見世を閉めた後、仕事場で片付けをしていると裏の戸が叩かれた。

「医王寺の者ですが、こちらに……」

その声を聞いた途端、伊佐ははっとしたように顔をあげた。

「こっちはいいから行って来い」

徹次が声をかけた。

前掛けをとって出て行く伊佐に小萩は肌着を手渡した。

「余計なことかと思ったけど、この前、着心地がいいって言ってくれたから」

それは小萩が手作りしたものだ。肌に当たっても痛くないよう、新しい晒(さら)し木綿を洗ってのりを落とし、肌着に仕立てたものだ。

伊佐は一瞬驚いた顔をした。けれど、素直に受け取った。

「悪いな。俺のおふくろのことで心配をかけてすまねぇ」

小萩に言うと、くるりと振り返った。

「親方、みんな、仕事が中途半端で申し訳ねぇ。行かせてもらいます」

かるく頭を下げると、伊佐は足早に去って行った。


帰って来たのは夜も遅い時刻だった。部屋で菓子帖を見ていた小萩が気配に気づいて仕事場に行くと、伊佐が豆を量っていた。

「何をしているんだ」

二階から徹次が降りて来てたずねた。

「明日の仕込みです」

「そんなものはいいんだ。こっちでやる。それより、お前は飯を食ったのか」

伊佐は首を横にふった。

小萩は急いで台所に行った。須美は伊佐の分を残しておいてくれた。ご飯をよそい、煮物と汁を温めた。

台所に来た伊佐の腹が鳴った。

「情けねぇなぁ、俺って男は親が病気でも腹が減るんだなあ」

伊佐は悲しそうな顔で箸を取った。

「おふくろさんの具合はどうだった？」

幹太がたずねた。

「よくねぇなぁ。今日、だれか会わせたい人はいるかって聞かれた。けど、親父は生きているかどうかも分からねぇし、おふくろが生まれた家とは縁を切っている」

汁を飲み込みながら伊佐が言った。頼れる親戚縁者がいれば、とっくに頼っていただろう。

「親父とおふくろは駆け落ちなんだ。おふくろの家は目黒の葉茶屋(はぢゃや)でお不動さんにも茶を納めていて、結構大きな商いをしていたんだ。親父の家は門前で数珠(じゅず)だの線香だのを売る小さな見世だ。二人は子供のころから仲良しだったけど、まわりには家の格が違うって反対されていた。だけど、おふくろは親父のことが好きだったし、親父もそうだった。こっそり内緒で会っていたんだよ。おふくろの嫁入りが決まったとき、おふくろは親父に言ったんだ。いっしょに逃げてくれって」

「駆け落ちしようって言ったのはおふくろさんの方なんだ。親父さんじゃなくて」

幹太がたずねた。

「そうだよ。おふくろは強いんだよ。親父は男にしちゃ、やさしい方だったんだな。品川にしばらくいて、それからあちこち歩いて深川にたどりついた。けど、二人とも若くて世間知らずだから、すぐに金に困った。それで、二人でいろんな仕事をした。野菜のぼて振りに、大工の手伝い、おふくろは煮売り屋で働いた。そのうちに俺が生まれて、おふくろは働けなくなったから、もっと金に困った」

そんなとき、安乃の父が目黒からやって来た。

「つまり、俺のじいさんだ。おふくろは、そのじいさんが昔から大嫌いだったんだよ。頑固でわがままで、なんでも自分の思い通りでないと気が済まない。五つ下の弟ばっかりかわいがったんだって。じいさんはおふくろを親父と別れさせて、連れ戻そうとしたんだな。親父に面と向かって甲斐性なしとか悪(あ)しざまに罵(ののし)った。おふくろは本気で怒った」

——私の亭主のことをそんな風に言うのなら、もうあんたのことは親とは思わない。もう一切、自分たちに関わらないでくれ。

その日以来、目黒の実家とは縁が切れた。他人になってしまった。

「殴られるのも痛いけど、言葉はもっと深いところまで刺さる。それで、その痛みはいつまでも消えねぇんだ。ずいぶん、後になって聞いたけど、親父はそれから酒の量が増えていったんだってさ」

伊佐は淋しげな顔になった。

「おとうさんと別れたのはいつ？」

小萩はたずねた。

「俺が五歳のときだ。糸や雑貨を仕入れて、葛飾とか流山のほうに売りに行く仕事をしていた。仕事に行くと家を出て、それきり行方が分からねぇ。糸や雑貨を仕入れるために問屋に借金をしていたし、働き手がいなくなったわけだから、俺たちはもっと貧乏になった」

さらに、伊佐たちを追い詰める出来事がおこる。

「長屋の人たちとうまくいかなくなったんだ。最初は気の毒がって、いろいろ面倒を見てくれた。家の前に野菜や魚を置いてくれた人もいたんだ。けど、そのうちに陰であれこれ噂をされるようになった。井戸のところで会っても、そっぽを向く」

熱い茶を飲んでひと息つきながら伊佐は言った。

「なにがあったの？」

小萩はたずねた。幹太がちらりと見た。立ち入りすぎた質問だったかもしれない。

伊佐は淡々とした表情で答えた。

「おふくろはアダなんだってさ」

アダが婀娜だと気づくのに少し時間がかかった。色っぽくてなまめかしいという意味だ。

「長屋のおかみさんたちがそう話してた。俺はガキだったけど、なんとなく意味は分かった。ずっと後になって言葉の意味を知って、やっぱりそうだったんだなって思った」

大人たちは相手が子供だと思って侮(あなど)るけれど、案外に子供は敏(さと)い。言葉そのものは知らなくても、その意味を理解する。

「おふくろが長屋のだれかにちょっかいを出したとか、出されたとかさ。そいで、その家のおかみさんが怒って怒鳴り込んできたこともあった。だけど、そんなのただの噂だよ。おふくろはそんな長屋のちんけな男になびいたりしねぇんだ」

伊佐は強い口調になった。

そしてある日、伊佐を残して母親の姿が消えた。

二日経ち、三日経ち、母親は戻って来ない。

そのうちに、だれかが母親は子供を捨てて男と逃げたと言い出した。

「俺は部屋でおふくろを待っていた。外で話している、おかみさんたちの声がよく聞こえてくるんだ。そういえば、こんなことがあった、あんなことを言っていた。やっぱりそうか。男と逃げたんだってしゃべってる」

「そんなこと、あるわけねぇよ。子供をおいて行く母親なんかいねぇよ」

幹太が大きな声を出した。

「そうだろ。おふくろは出かけるとき、部屋に二重丸を書いた紙を残していた。それは帰りは夜になるから先に寝ていろという合図なんだ。だから、必ず戻って来るんだよ。俺は腹が立った。意地になった。絶対に、何があってもここを離れずにおふくろを待つんだと決めた。俺は部屋の戸に六尺棒をおいて、だれも入れないようにした。ときどき、心配して戸を叩いて声をかけてくれた人もいたけれど、答えなかった。そんな甘い言葉に騙されるもんかと思った。だって俺が出て行ったら、おふくろが俺を捨てて男と出て行ったことを認めてしまうことになるじゃねぇか」

小萩は伊佐の整った顔をながめた。

だが、結局、母親は戻って来ず、牡丹堂に来ることになった。伊佐は部屋を出る代わりに、心の中に壁をつくって閉じこもることにしたのだろうか。

「おふくろさんは帰ってくるつもりだったけど、帰れなくなったんだよな。何か事情があったんだろ。そのことは、聞いたのか」

幹太がたずねた。伊佐はうなずいた。

「後になっておふくろに会ったとき、そのことも確かめた。そしたら、言ったんだ。その日、目黒のじいさんが重い病気になったっていう報せがあった。顔だけ見て帰るつもりで家を出たけど、途中で悪い男たちにつかまって目黒には行けなかった。あくどい利息で膨れ上がった借金のかたに北の方の宿場に売られたんだ。そこは本当にひどいところで、やっとのことで逃げ出すまで三年かかった。三年の間におふくろは心がすさんで、昔とは全く違う人間になっちまったんだな。江戸に戻って来たけれど、以前いた長屋はなくなってしまったし、俺もどこに行ったか分からなくなった。何年も経って、偶然、俺を見かけて牡丹堂にいることが分かったんだ」

つらつらと物語を語るように伊佐はしゃべった。聞いていた話と違う気がする。小萩はうなずきながら、なにか居心地悪さを感じていた。それは戸をたたく冷たい風のせいだけではないだろう。

伊佐は七つで母親と別れた。だから、今しゃべっていることのほとんどは、後から母親から聞いたものだ。

目黒の実家と疎遠になったのも、長屋のおかみさんたちに冷たくされたことも、悪いのは自分ではなく、周りだ。借金をつくったのも、悪い男たちにつかまって売られて心がすさんだからだ。

母親が嘘をついたとは思いたくない。けれど、全部が本当というわけでもないだろう。身の上話をするときは、だれでも多少自分に都合よく作り変えるものだ。まして、あの人は……、表の道だけを歩いてきたわけではないのだから。

そんな風に考えてしまう小萩は、意地が悪いのか。どうしても、伊佐の母親に厳しくなってしまうのだ。

「寒いね。お茶をもう一杯飲もうか」

小萩は気持ちを切り替えるため立ち上がって、茶をいれた。

「なんかさあ、伊佐兄（にい）のおふくろさんにうまいもん、食べさせたいよな。何が好きなんだよ」

熱い茶をふうふうと息で冷ましながら、幹太がたずねた。

「気持ちはうれしいけど、もう、あんまり食べられねぇんだ。おかゆとか、汁とか、そういうもんだけだ」

「たとえば、子供のころの思い出の味とか」

「そうだなぁ。何かあったかなぁ」

そう言って首を傾げた伊佐は小さなあくびをした。疲れがやせた肩にどっしりとのっているように見えた。

「伊佐兄、もう帰った方がいいよ。残りは俺がやるからさ」

幹太がやさしい声を出した。

「そうか。頼まれてくれるか。悪いな」

立ち上がった伊佐が裏の戸を開けると、冷たい風が吹き込んで鋭くとがった月が見えた。


伊佐の足音が遠ざかると、幹太はつぶやいた。

「昔っから伊佐兄はおふくろさんのことが大好きなんだ。俺と二人になるとおふくろさんの自慢をしたんだ。長屋で一番きれいで、やさしかったとかさ。今でも、おふくろさんの喜ぶことなら、なんでもしてやりたいと思っているんだよ、きっと」

「そうねぇ」

小萩はふと、子供のころに聞いた仏教説話を思い出した。

この世の初めのころ、ある林に狐と猿と兎が住んでいた。あるとき、一人の老人がやって来た。

「私は今とてもお腹が減っています。何か食べ物をもらえませんか」

三匹は食べ物を探しに出かけ、狐は魚を、猿は果物を持って帰って来たが、兎は何も持っていなかった。そのことを狐と猿にとがめられた兎は言った。

「たくさん薪(たきぎ)を集めて下さい。いま食べ物をご覧にいれましょう」

兎は積み上がった薪に火を点けた。

「ご老人、私はどうしても食べ物を探すことが出来ませんでした。どうか私のこの小さい体をもって一度の食事に当てて下さい」

　そう言って火に飛び込んだ。

　老人は慌てて助け出したが、もう兎は生きていなかった。その老人は帝釈天が姿を変えていたもので、兎は世に出る前の修行中の釈尊であったという。

　伊佐がしていることは、その兎のようだ。

　自分の大切な本を質に入れて薬に換え、できるかぎり母親に付き添う。

　だが、伊佐は釈尊ではないし、母親も帝釈天ではない。伊佐を裏切ってばかりいるではないか。

　伊佐はひたすら帰りを待っていたのに、戻って来なかった。何年も経って目の前に現れたときは、伊佐に自分の借金を肩代わりさせようとした。徹次やお福が間に入ってなんとか話を納めたのだ。

「ねぇ、伊佐さんはおかあさんに会えてよかったのかしら。会わなかったら、こんな苦労をしなくてもよかったわけでしょ」

「そんなこと言うなよ」

　幹太は少し怒ったように言った。

小萩と幹太は、伊佐には内緒で母親に会いにいったことがある。夕方、人形町の路地には灯りがついて、昼とは違うどこか怪しげな表情を見せていた。土手に立って見ていると、一軒の見世から出て来たのが伊佐の母親だった。だらしなく着物を着て、化粧が落ちた顔は青白くむくんで、体全体にくずれて投げやりな感じが漂っていた。

いつかどこかで、出会うだろう母親の姿を、伊佐はあれこれと考えていたに違いない。たとえば、ひとりでつつましく長屋住まいをしている。あるいは、忙しい煮売り屋の売り子、貧しくともまじめそうな堅気の男の女房……。

だが、目の前に現れた母親は、そのどれとも違った。

けれど伊佐は目をそらさず、ありのままの姿を受け止めた。そればかりか、身を削って母親を助けようとしている。

「苦労が続くから、なんだか、かわいそうになってしまう」

「わかってねぇなぁ。伊佐兄はやってやりたいんだよ。やっと、おふくろさんの傍に居てやれるんだぜ。限りある時間を悔いが残らないよう過ごしたいんだ」

幹太は言った。

「そうね。そうよね」

小萩は自分を納得させるようにうなずいた。

風の音がいっそう強くなった。

翌朝伊佐はいつもより早く来て、支度にとりかかっていた。それはいかにも律儀な伊佐らしかった。

赤えんどうをゆでながら幹太がたずねた。

「伊佐兄。何か思い出してくれたか」

「思い出すって何をさ」

伊佐が聞き返した。

「昨日言ったじゃないか、おふくろさんが好きな食べ物だよ」と幹太。

「そうそう。おかあさんの好きなものをつくって持っていくって話よ」

小萩はあんの鍋を台に置きながら話に加わる。

「そうだ。そんな話をしたな。すっかり忘れてた」

一瞬手を止め、伊佐は遠くを見る目になった。

「そうだ。栗があったな。子供のころ、家の裏に栗の木があって拾って食べたんだってさ」

「なんの話だ？」

徹次が声をかけた。

「伊佐のおかあさんの好物を聞いているんです。汁物にして食べさせてあげようと思って」

小萩が答えた。

「それで、栗か。じゃあ、汁粉だな」

徹次が答える。

「栗で汁粉か。うまそうだな」

留助も話に加わる。

「よし。後でつくって持っていけ。それぐらいはさせてもらうぞ」

徹次が言い、「合点承知」と幹太が元気な声を出した。伊佐は照れたような、うれしいような顔をしていた。

それから、大福をつくりながら伊佐の家の話になった。

「おふくろさんの家はたしか、目黒不動尊の近くだって言っていたな」

徹次がたずねた。

「そうです。茶を商っているそうです。俺は行ったことがないけれど」

伊佐が答えた。

「栗の木はどこにあるんだよ」

「裏庭だって聞いた」

見世に入ると、脇に細く長い土間が続いていて、どんつきの戸を開けると、そこは裏庭で、小さな畑では家で食べる大根やかぶを植えていた。その脇に栗の木があった。

栗の実を拾うのはおばあさんと子供たちの役目だった。伊佐の母親と五歳違いの弟は、下駄でいがを踏んで火箸で栗を拾った。

「下駄でいがを踏むのは案外難しくて、うまくしないと足にとげが刺さって痛い。いがを踏んで押さえながら、長い火箸でつまむのもこつがある。おふくろは上手だったと自慢していた」

小萩は栗のいがを真剣な顔つきで踏む少女の様子を思い浮かべた。髪は短く、着物の裾から細い足がのびている。その脇には小さな弟の姿があった。

――おばあちゃん、栗が取れたよ。

少女は甲高い声をあげる。

――ああ、安乃、あんたは上手だねぇ。たくさん集めたから、後で食べようねぇ。

祖母が答える。

小萩が会った伊佐の母親は盛り場の女だった。小萩がもう伊佐に関わらないでくれと頼んだら、怒鳴り、小萩の顔を平手で打ち、さらに腹を蹴った。

小萩はそのときの痛みを忘れていない。

今、語られる伊佐の母親の姿と、小萩が知っているものとはあまりに違う。

頭では、さまざまな出来事がそんな風に変えさせてしまったのだと分かるけれど、気持ちがついていかない。どうしても、あの女は伊佐の母親にふさわしくないと思ってしまうのだ。

母親が息子にふさわしくないというのは、おかしな話だ。

ふつうは夫婦とか、友達とか、血縁以外に用いる。血縁はふさわしかろうが、なかろうが受け入れるしかない。そういう風に決まっているのに。

でも、息子を苦しめるだけの母親をふさわしくないというのは、いけないことだろうか。

小萩は室町の家に弥兵衛とお福に届け物を持っていった。

座敷にいるお福が指図をし、梯子(はしご)に上った弥兵衛が枝を切るところだ。

「こうかい？」

「ああ、そっちじゃなくて奥の枝だよ。あんまり切ると、来年、花が咲かなくなっちまうからさ、気をつけておくれ」

「なんだよ。頼んでおいて文句の多い、ばあさんだ」

「なんだって」

「いやいや。なんでもない」

言い合いをしながらも、相変わらず仲のいい二人である。小萩の姿を見ると、弥兵衛が声をかけた。

「ああ、小萩、いいところに来た。ちょっと、この梯子をぐらつかないよう押さえておいてくれ」

弥兵衛は切るだけ切ると、さっさと部屋に戻ってしまったので、落ちた枝を片付けるのは小萩の仕事になった。お福もやって来て、いっしょに庭を掃いた。

「もう少し庭が広かったらいいのにねとずっと思っていたけど、広けりゃ広いで、また、手間がかかるもんだねぇ」

文句を言いながら、熊手を庭木の奥の方まで差し込んで、積もった落葉をかきだしている。

「これは柿ですか」

小萩が手前の一本を指さしてたずねた。

「そう。隣が桃。でこっちが梅で、栗と柚子（ゆず）もある」

お福が実のなる木がいいと言って植えさせたものだ。

「桃栗三年柿八年っていうからねぇ。実がなるまでは、なかなか大変だよ。うっかりしていると、先にこっちがへこたれてしまう」

お福は腰に手をあてて体をそらした。昨夜の風はやんで、おだやかな日差しが二人を包んでいる。

小萩が落葉を片付けて戻ってくると、お福が茶の間でお茶をいれて待っていた。弥兵衛は隣で煙管(キセル)をふかしている。

「どうだい、伊佐の様子は。おふくろさんの病気はまだ悪いのかい」

弥兵衛がたずねた。

「あんまりよくないみたいです。医王寺からもしょっちゅう呼び出しがあるんです」

「そりゃあ、大変だねぇ」

そう言うと、お福は急須に湯をさした。ほうじ茶の香ばしい香りが漂った。

「伊佐さんは、本当に一生懸命看病しています。夜通しおかあさんに付き添っていて、そのまま朝、仕事をしに来ることもあります。みんなに迷惑をかけちゃいけないって」

「あいつらしいねぇ。じゃあ、もう、そんなに長くないのかい」

弥兵衛がさりげない調子でたずねた。小萩は答えなかった。それで認めたことになった。

弥兵衛は小さくため息をついた。

「気の毒になぁ。しかし、ここがあいつの正念場だな。腹をくくらねぇとさ」

「どういうことですか？」

小萩は弥兵衛にたずねた。

「だからよ。ちゃんと向き合えよってことだよ。自分をごまかさないでさ。いつまでも臆病風を吹かせてねぇで、踏ん切りをつけるんだ。目をつぶって、えいって飛んじまえってことさ」

弥兵衛は謎かけのようなことを言ったと思うと、たちまち表情を変えた。

「そうだ。塩せんべいがあったな。出してくれ。小萩もたまにはしょっぱいものも食べたいだろ」

小萩は塩せんべいをごちそうになり、二人のところを出た。

頭の中では、弥兵衛の言葉がぐるぐると回っている。

伊佐は母親の何と向き合わなくてはならないのだろう。

ふと頭の中にふるさとの海の景色が浮かんだ。

冬の海は冷たい風が吹き、波は大きくうねって黒いごつごつした岩にぶつかり、白いしぶきをあげている。

その波間で伊佐がもがいているような気がした。

その日の仕事が終わったら栗の汁粉をつくろうと言っていたのに、夕方、また使いが来て伊佐は医王寺に向かった。

「よし、じゃあ、俺たちで栗汁粉をつくって届けようぜ」

幹太が明るい声を出した。

「栗を蒸して裏ごしをかけて砂糖を加えればいいの？」

小萩がたずねた。

「砂糖を白あんにしたほうが、まとまるな」

徹次が知恵をくれる。

小萩と幹太が栗をゆでる鍋を用意していると、徹次が言った。

「手間は同じだ。栗は全部、ゆでてしまえ」

それで、大きな鍋に換えて仕入れた栗を一度にゆでることにした。白い湯気をあげて沸き立つ湯の中で、茶色の栗が躍る。ゆであがったらざるにあげて熱いうちに二つ割りにしてさじで身を取り出すのだ。

幹太と小萩で取り掛かっていると、留助が加わり、徹次も輪に加わった。やがて、奥にいた須美もやって来て、五人は無言でさじを動かした。

だれもしゃべらなかった。

小萩も黙って手を動かし続けた。

伊佐の母親の姿が浮かんだ。

それは、いつか人形町で見た疲れた飲み屋の女の姿ではなく、まだ少女で弟といっしょに家の裏で栗を拾っていた。無邪気な笑い声が聞こえたような気がした。

その次に浮かんだのは、恋人と語り合う娘の姿だった。

伊佐の母親にも、小萩と同じような娘時代があったのだ。人を好きになり、その人といっしょになるために家を出た。

一体どこで間違えてしまったのか。

自分だったら、どうしただろう。

小萩は伊佐の母親をずっと、自分たちとはわかりあえない人だと感じていた。息子に迷惑ばかりかけている浅はかで、流されやすい女だと腹を立ててもいた。けれど、そんな風に考えるのはきっと間違いだ。歯車がどこかで狂ってしまったけど、本当は小萩や姉のお鶴や幼なじみのお駒やお里と同じような、ごくふつうの、どこにでもいる人なのだ。だから、伊佐は一生懸命になっているのだ。

ざるに溢れるほど盛り上がっていた栗はとうとう最後のひとつになった。

「これで終わりかぁ。長かったなぁ」

留助が大きな声を出した。

「思った通りのいい栗だったな。身がしっかり入って、ほくほくしている。汁粉にしたらうまいぞ。伊佐に持っていってやれ。残りは明日の菓子にする」

徹次が言った。

「喜んでもらえるといいわね」

須美が言う。

それから後の仕事は幹太と小萩でした。

裏ごしをかけてから白あんを加えて混ぜた。それを器に入れて、二人で医王寺に運んだ。裏口から入り、病人のいる小屋の近くまで行った。しばらく待っていると、顔見知りの若い僧が通りかかったので、伊佐を呼んでもらった。

木の陰でしばらく待っていると、伊佐が走って出て来た。

「伊佐兄、栗の菓子を持って来たよ。湯を加えれば汁粉になる」

幹太が手渡した。

「栗の身を出すのはね、親方も留助さんも、須美さんも手伝ったのよ。伊佐さんのおかあさんがよくなるようにって、みんなで願をかけたから」

一瞬、伊佐は顔をくしゃくしゃにした。

「そうか。悪かったなぁ。親方やみんなにも礼を言ってくれ」

栗の菓子を受け取ると、伊佐はまた走って小屋にもどって行った。

小屋には明かりがついていて、慌ただしく人が出たり入ったりしていた。急を要する病人がいるのだろう。それは伊佐の母親かもしれない。そう思ったら、小萩はその場を離れることができなくなった。幹太も動こうとしなかった。

大きな青い月が出ていて、あたりを照らしている。

体が冷えて、二人は足踏みをしながら小屋の方を眺めていた。

「伊佐兄（にい）のおふくろさんは、汁粉を飲んでくれたのかな」

幹太が言った。

「喜んでくれるといいわね」

小萩は答えた。

二人は、同じようなことを言い合って、ぐずぐずとその場にいた。汁粉を飲むようなのんきな場面ではないかもしれない。その時がもうすぐそばまで来ているような気がした。

けれど、そのことは口にしなかった。言葉にしたら、本当になってしまいそうだった。

ずいぶん経って小屋から黒い影がこちらに走って来るのが見えた。伊佐だった。

「まだ、いたのか。寒かっただろう。帰ってくれてもよかったのに」

申し訳なさそうな顔をする。

「おふくろさんの容態はどうだ？」

幹太がたずねた。

「一時はどうなることかと思ったけど、収まった。今は寝ている。大丈夫だ。栗の汁粉、ありがとうな。落ち着いたから飲ませてみたんだよ。唇に少しのせたら最初はいらないって首を横にふったんだ。だけど、甘味を感じたんだろうな。口を開くから、少し流した。そうしたら、うれしそうに飲んだ。おいしいねって言ったんだ」

伊佐はほっと息をして枯れた草の上に腰をおろした。小萩と幹太も座った。落葉が音を立てた。

「それを見ていたら、俺は若いころのおふくろの顔を思い出した。すっかり変わってしまっているんだけど、ちょっとしたときに、昔の顔を見せるんだよ。若いころの……、まだ、俺の知っているかあちゃんだったときの」

何げなく言った伊佐の言葉に、小萩ははっとした。

　まだ、俺の知っているかあちゃんだったとき。小萩は伊佐の顔を見つめた。

「俺はおふくろに、子供のころの思い出を話して聞かせているんだ。まだ親父がいたころのことだ。三人で祭りに行った日のこととか、花火を見に行って親父に肩車してもらったこととか、風呂で親父の背中を流したとか。おふくろは俺の話を聞いているうちにいつも眠っちまう。だから、聞いているのかどうか分からない。でも、時々笑うんだ。夢を見ているのかな。以前は怖い夢ばかり見て、ずっと眠れないって言ってたから、今、その分を眠っているんだ。俺にしてやれるのは、それぐらいのことだな」

「そうか、よかったなぁ。伊佐兄」

　幹太が言った。

「おふくろといっしょに居られるのも、もう、そんなに長くないからさ。今しかできないことをやりたいんだ。それは、おふくろのためでもあるんだけど、俺のためでもある。だから、心配してくれなくていいんだよ。俺は、好きでやっていて、かわいそうじゃないんだから」

「かわいそうだなんて、思っていない。伊佐さんは立派だわ」

　小萩は言った。

「おふくろは最初、寺の人に身内はいないって言ってたんだよ。でも、昔なじみのお結さんて人が俺のことを知っていた。だけど、最初おふくろは、俺の顔を見ても、こんな人知らないって言い張ったんだ。それなのに、俺が手を握って声をかけたら、泣き出した。申し訳ないって言ってさ。今でも、俺の顔を見ると悪いね、申し訳ないねっていつも謝るんだよ。謝ることなんか、なんにもないのに」

伊佐は片頰だけで淋しそうに笑った。

「かわいそうなのは俺じゃなくて、おふくろの方だ。親父と駆け落ちしたけど江戸の暮らしは大変で、俺が生まれて、なんとか親父の仕事も落ち着いて、やっと人並みになったと思ったら親父は行方知れず。また、貧乏に逆戻りだ。明るい方へ行きたいと思っても、どんどん違う方に引っ張られてしまうんだ」

伊佐は遠い目をした。

「おふくろは、いつか絶対に戻って来ると俺は思っていた。夢の中じゃ、おふくろは、小さな見世を切り盛りしているおかみさんだったり、長屋の部屋で仕立物をしている人だったりした」

伊佐は苦しそうな顔になった。

「だけどさぁ、二年前に俺に声をかけて来たのは、それとはぜんぜん違った。伊佐、久しぶりだねって言われて、俺は震えた。逃げたくなった。こんな人が俺のかあちゃんであるわけがないって思った。でも、やっぱり、俺のかあちゃんだったんだ」

小萩は胸が痛くなった。伊佐の腕をぎゅっと握って言った。

「だけど、それでもおかあさんを大事にしたじゃない。伊佐さんは偉いわよ。親孝行よ」

「親孝行なんかじゃねぇよ。そうするしかなかったんだよ。証文を持った奴らが、おふくろを死なせてもいいのかって俺を脅(おど)すんだ。俺はそのとき、気がついた。長屋の人たちが言っていたのは本当だった。おふくろは、俺が思っているような人じゃなかった。男ができたんだ。それで、俺が邪魔になって捨てたんだ」

「そんなはずない」

小萩は叫び声をあげた。

「そうだよ。そんなこと、あるわけねぇよ。伊佐兄は自分で言っていたじゃないか。目黒の家でじいちゃんが病気になったから、その見舞いに行ったんだよ。その途中で、悪い奴らにつかまったんだ」

幹太は伊佐の胸倉(むなぐら)をつかんで揺すった。伊佐の首が人形のようにぐらぐらと揺れた。

「そんなの作り話だよ。俺は知っているんだよ。少し前から、家のまわりをうろつく男がいたんだ。そいつは、おふくろが帰って来るのを待っていたんだ。とっくに見世が終わる時刻なのに戻って来ないこともあったし、だれかと言い争っている声がすることもあった。

そのすぐ後なんだ。おふくろが家を出て行ったのは」

伊佐は怖かったのだ。

自分が母親から捨てられたという事実を知ること、それを認めてしまうことが。

だから、壁をつくった。壁の中に身を隠した。大人たちの声を聞こえなくするために。

牡丹堂に来て、お葉やお福や弥兵衛たちは、伊佐に母親はいつか必ず戻って来ると伝えただろう。けれど、伊佐は怯えていた。

どこからか、伊佐の耳に響いてくる声があるのだ。

――お前の母親は息子が邪魔になって置いて行ったんだ。お前は捨てられたんだ。

二年前、母親が現れて伊佐の恐れは確信に変わった。

それでも伊佐は母親を大切にした。できる限りのことをした。

だが、耳に響いてくる声はますます大きくなる。

心の中の壁を厚くし、その中に隠れていても、声は消えない。なぜなら、その声は伊佐自身のものだからだ。

「なによ。おかあさんのことを一番信じていないのは、伊佐さんじゃないの。どうして信じてあげないのよ。おじいさんのお見舞いに向かったけれど、途中で悪い人につかまった。そう言ったんでしょ。だったら、そうなのよ。伊佐さんが信じなくてだれが信じるの。それじゃあ、おかあさんがかわいそうよ」

　小萩は叫んだ。伊佐の目がぎらりと光った。

「おはぎ、やめなよ」

　幹太が小萩の袖をひいた。

　けれど、小萩はひるまなかった。今、言わなければ、もう言うときがない。嫌われても、避けられても、言うべきことがあるのだ。

「みんなが伊佐さんのことを心配して、手を伸ばしても伊佐さんはその手を振り払う。それは怖いからでしょ。裏切られるのが怖いから。傷つくのが恐ろしいから。そうやって壁をつくって自分を守っているつもりだけど、そんなの何の役にも立たない。だって、怖いものは外の世界にあるんじゃない。伊佐さん自身の中にあるんだから」

「なんだよ、偉そうに。のんびり育った小萩に俺の気持ちが分かるか」

　伊佐はこぶしを握った。

「分かんないよ。分かるわけないよ。だけど、伊佐さんが今のままでいるなら、これから先もずっとひとりぼっちよ」

　小萩は叫んだ。伊佐の目に悲しみが宿った。その目を見たとき、小萩の心が決まった。

「わかったわ。私が伊佐さんの代わりに目黒の家に行って話を聞いてくる。おかあさんの言葉が本当だってことを確かめてくる。それならいいでしょ」

「おはぎ、だって、それは……」

幹太が心配そうに小萩の顔を見た。

それは危険な賭けだ。

目黒の家まで行って、やっぱりつくり話だと分かったときには、伊佐にはもう逃げ場がない。

「大丈夫。私が確かめてくる」

小萩は繰り返した。


次の日、小萩は目黒に出かけた。

川元屋は目黒不動尊の参道脇にある葉茶屋だった。何十年も経っていそうな古い立派な造りで、見世の外まで茶を焙じる香りが流れていた。のれんをくぐって中に入ると、茶壺や茶箱が並んでいて、脇には奥に続く、細く長い土間があった。

出て来た手代に小萩は伝えた。

「日本橋の二十一屋という菓子屋から参りました。こちらのお身内に安乃さんという方がいらっしゃったと思います。その方のことで少しおたずねしたいことがあります」

しばらく待っていると、奥から主人らしい男が現れた。年は三十半ばか。切れ長の目が伊佐に似ていた。

「私はこの家の主の甲太郎と申します。どういうご用件でしょうか。安乃は私の姉ですが、ずいぶん前にこちらとは縁を切っております」

小萩が安乃の一人息子の伊佐が二十一屋で職人として働いていること、安乃は重篤な病だということを告げると、甲太郎は小萩を見世の奥の部屋に案内した。商いにつかう部屋らしく、襖越しに見世の者たちの声が聞こえてきた。

甲太郎は安乃についてあれこれとたずねた。

「では、姉の面倒をみているのは、その息子だけなのですか。ほかには身内はいないのですね。医王寺というのは、どういうところなのですか」

小萩の説明を静かに聞き、何度もうなずいた。

「縁を切ったとはいえ、身内のことです。心にかかっておりました。けれど、長屋にはいなくなり、行先も分からないと言われ、手掛かりがなくなってしまったんですよ。このたびは、教えてくださってありがとうございました」

深く頭を下げた。

「じつは、今日、うかがったのは、ひとつ確かめたいことがあったからです。十二年前になります。安乃さんは息子の伊佐さんを置いて家を出たまま、姿を消しました。近所の人々は、安乃さんは子供を捨てて、男と逃げたのだと噂しました。安乃さん自身は、のちにおとうさまの病気見舞いでこちらに向かう途中、遠くに連れ去られてしまったとおっしゃっています。本当のところはどうなのですか。十三年前、おとうさまはご病気だったのでしょうか。また、見舞いに来いという文を出されましたでしょうか」

甲太郎は眉根を寄せていぶかしげな表情になった。

「今さら、そんな昔のことを聞いてどうするのだとお思いかもしれません。でも、息子の伊佐さんにはとても大事なことなのです。母親が自分を置いて去ったのか、それとも、よんどころない事情があって戻れなかったのか、そこのところをはっきりとさせたいのです」

「そういうことですか。分かりました」

静かに甲太郎はうなずくと、居住まいをただした。

「十三年前、父が倒れました。かなり前から心の臓が弱っていましたが、今までとは違う、重い病状であることは明らかでした。姉とは長く疎遠にしておりましたが、母が事情を書いて文を送りました。けれど、姉は現れませんでした」

甲太郎はじっと自分の膝を見つめた。

「姉と私は五つ違いです。弟の私が言うのも変ですが、姉は近所でも評判の器量よしで、その上、気性がはっきりとして口が達者でした。家の中で父に意見ができるのは、姉だけだったんです。父はよく、『この子が男だったらなぁ』と残念がっていました。期待をかけてもいたんです。けれど、姉がひそかに近所の若者と付き合っていることを知って激怒しました。家の格が違うこともですが、相手の男の性格が気に入らなかったのです。若いくせに人の顔色を見て物を言うのが嫌だと言っていました」

父と娘は激しくぶつかった。どちらも譲らない。父は勝手に見合い話を進め、力で娘をねじ伏せようとした。

反発した娘は男と駆け落ちをした。

「息子が生まれたときが、和解のきっかけになるはずでした。父もそのつもりで姉のところに向かったのです。でも、結局、喧嘩別れになりました。姉は親子の縁を切る、自分は死んだものと思ってくれと言ったそうです。父は怒り、私たちに今後一切、姉のことは口にするな、頼って来ても追い返せと命じました」

年月が流れ、父親が病に倒れる。

「文は出しましたが、来ることはないかもしれないと姉のことは半ばあきらめていました。そうですか……。姉は見舞いに来るつもりだったんですか。そのことを知っていたら、私たちももう少し姉にやさしくできたかもしれません」

　甲太郎はうなだれた。

　家族の心はすれ違ったまま、長い年月が経ってしまっていた。

　こうして十三年前、父親が倒れ、安乃に文が出されたことまでは確かめた。だが、その先のことはまだ、分からない。

　だれにたずねればいいのだろう。小萩は途方にくれた。

　日本橋に戻る小萩に甲太郎は見世の茶と裏庭の栗でつくったという甘露煮を持たせてくれた。


　牡丹堂に戻ると、幹太が心配そうな顔で待っていた。

　幹太と伊佐に小萩は聞いたことを伝えた。

「伊佐のおふくろさんを寺に連れて来た人がいたじゃないか。その人は伊佐のことも話に聞いていたんだろ」

　幹太が伊佐にたずねた。

「ああ、お結さんか。そうだな。あの人は前からの知り合いみたいなことを言っていた。働いている場所も知っている。神田の煮売り屋だ」

伊佐が答えた。

三人はお結をたずねることにした。

老夫婦が営んでいる小さな古い煮売り屋で、お結はやせて青白い顔をした女だった。伊伊佐の母親のことをたずねたいと伝えると、主人に断って見世の裏に出て来た。

「十三年前のことを確かめたいんだ。おふくろは、目黒のじいさんの見舞いに向かう途中、男たちにつかまって北の宿場に売られたと言っているけれど、それは本当のことなのか。あんたが知っていることを教えてほしい」

お結は困った顔になった。小萩はお結の目の下に泣きぼくろがあることに気がついた。

「今さら、どうして、そんなこと、知りたいのさ」

「俺にとっては大事なことなんだ。おふくろは俺を捨てて男と出て行ったたって言う人がいる。俺は捨てられたのか、そうでないのか、本当のところを知りたいんだ」

伊佐が言うと、お結は泣きそうな顔になった。

「目黒の家に戻る途中だったたっていうのは本当だよ。あたしが、そんなら途中まで連れて行ってくれって頼んだんだ。あたしは……ちょっと悪い筋から借金があって逃げなくちゃならなかったんだ。安乃ちゃんは気性がはっきりしているから、頼りになるんだ。品川のその先まで逃げるつもりだった」

だが、すぐ追いかけて来た男たちにつかまった。

「あの人とは、同じ居酒屋で働いていた仲なんだ。あたしが酔っ払いにからまれて困っていると、いつもあの人は助けてくれた。だから、そのときも安乃ちゃんを頼っちまったんだ。安乃ちゃんの肩に刺し傷があるだろ。そのときの傷だよ。あたしを守ろうとして刺されたんだ。だから、あたしのせいなんだよ。安乃ちゃんは巻き込まれたんだ」

「じゃあ、おふくろの言っていたことは本当だったんだな」

伊佐はつぶやいた。

「そうだよ。全部本当だ。安乃ちゃんが嘘なんかつくもんか。あの人ほどまっすぐで、正直な人はいないよ」

「でも、それならどうして安乃さんは、ほんとのことを言わなかったんでしょう」

小萩はたずねた。

「だって、それを言ったら、あんたたちはあたしを恨むだろう。だから、黙っていてくれたんじゃないのかな。あの人はやさしいから」

お結は遠くを見る目になった。

「三年後に逃げ出して、江戸に戻って隠れるようにして暮らした。泥水をすするような暮らしだったけど、あたしたちは助け合ってきたんだ。あたしは安乃ちゃんに助けられるばっかりだったけど、安乃ちゃんはあんたがいたから、辛抱できたんだよって言ってくれた」

　やわらかな笑みが浮かんだ。肌が荒れているので老けてみえるが、本当の年は三十を少し過ぎたくらいか。泣きぼくろのある目に色香があった。

　お結は伊佐の目をまっすぐに見た。

「あんたのおっかさんはね、あんたのことをずっと心配していたよ。大事にしていた。それだけは、信じてやっておくれ」

　伊佐は目を見張り、小さくうなずいた。

「そうだよ。伊佐兄のおふくろさんはずっと伊佐兄のことを思っていたんだよ。俺は最初からそうだと思っていたよ」

　幹太が伊佐の腕をつかんで、ぶんぶんと振り回した。

「そうだな。それが分かってよかった。今日、来た甲斐があった」

　やっとそれだけ言うと、伊佐は顔をまっかにして何度もうなずいた。

　伊佐の母親はその二日後に亡くなった。

　野辺の送りには牡丹堂の人々だけでなく、甲太郎とお結も連なった。

冷たい雨はみぞれに変わり、一同は凍(こご)えた。小萩は戻って来たみんなのために栗の汁粉を用意した。甲太郎にもらった栗の甘露煮は小さく刻んで、中に入れた。

「お前のおかあさんは栗を拾うのが上手だったよ」

甲太郎は伊佐に言った。

「家の裏庭に栗の木があってね、落ちた栗を拾うんだ。おかあさんは栗のいがを器用に下駄で踏んで、私がそれを箸で拾う。お転婆で気が強い。言い出したら聞かない頑固者。だれよりも、まっすぐな人だった。せめて、もう少し手を貸してやれたらと、今になって思う」

そっと涙をぬぐった。

井戸端で洗い物をしていると、伊佐がやって来た。

「小萩、ありがとうな」

伊佐が言った。

「ううん、あんまり役に立てなくて」

小萩は答えた。

「最後におふくろが言ったんだ。ありがとうねって。だから、俺は『それはこっちの台詞(せりふ)

だ。かあちゃんが俺のかあちゃんでよかったよ』って答えた。そうしたら、おふくろがうれしそうに笑ったんだ。おふくろはこうも言ったよ。みなさんがこんなに助けてくれるんだから、あんたは今、幸せなんだねってな。小萩のおかげだ」

伊佐はひどくまじめな顔で礼を言った。

「俺は、小萩がやろうとしていることが分からなかった。だけど、今日、栗の汁粉を飲んだとき、腹に落ちた。たった一人のためにつくる菓子ってもんがあるんだな。そして、それはだれかを助けたり、幸せにしたりするんだ。そういう仕事ができるのは、小萩みたいなまっすぐな気持ちの人だろうな」

「そんな立派なものじゃない。今の私は、お客さんの話を一生懸命聞いているだけ。お菓子に仕上げるときは、親方や伊佐さんやほかのみんなに助けてもらっている。でも……いつかは、だれかを助けたり、幸せにしたりするお菓子をつくりたいと思っているわ」

小萩は頬を染めた。

伊佐は何かに気づいたように、空を見上げてつぶやいた。

「明るいんだな」

いつの間にかみぞれは止(や)んで、雲の切れ間から光が筋になって落ちてきている。

「俺のいる場所は薄暗くて、淋しいところだった。目の前に外に続く戸があって、戸を開けたら外に出られることは分かっていた……。何度も戸に手をかけたけど、結局、やめた。俺は本当のことを知るのが怖かったんだ」

「伊佐さんは、自分の力で外に出たのよ」

「違うよ。小萩の助けがあったからだ」

伊佐は恥ずかしそうに笑った。

小萩はずっと思っていたことを、やっと口に出した。

「私は伊佐さんのことが好き。ここに来てからずっと。伊佐さんは、どう思ってくれているの？」

伊佐は困ったような顔になった。小萩はあわてて言った。

「今すぐ、返事しなくていいんです」

伊佐は小さくうなずくと、そっと小萩の指に触れた。

「温かいんだな」

伊佐が言った。

小萩が伊佐の手を握ると、伊佐が力をこめて握り返してきた。それが返事だ。そう気付いたら、小萩の目に涙があふれた。

「どうしたんだ。なんで泣くんだ」

「悲しいんじゃないのよ。そうじゃなくてね……」

後は言葉にならなかった。

伊佐は菖蒲の花のような男だ。すっとまっすぐにのびて、剣の形をした葉で、つぼみの中にはきれいな色が隠れている。小萩はその色が見えたような気がした。

〈主要参考文献〉
『古今名物御前菓子秘伝抄』　作者不詳　鈴木晋一　訳　教育社
『料理百珍集』　原田信男　校註・解説　八坂書房

光文社文庫

文庫書下ろし

かなたの雲　日本橋牡丹堂 菓子ばなし(七)

著 者　中 島 久 枝

2021年1月20日　初版1刷発行

発行者　鈴 木 広 和
印 刷　豊 国 印 刷
製 本　ナショナル製本

発行所　株式会社 光 文 社
〒112-8011　東京都文京区音羽1-16-6
電話 (03)5395-8149　編 集 部
8116　書籍販売部
8125　業 務 部

ISBN978-4-334-79145-2　Printed in Japan

組版　萩原印刷

光文社時代小説文庫　好評既刊

剛剣馬庭　鳥羽亮
奇剣柳剛　鳥羽亮
幻剣双猿　鳥羽亮
斬鬼嗤う　鳥羽亮
斬奸一閃　鳥羽亮
あやかし飛燕　鳥羽亮
鬼面斬り　鳥羽亮
幽霊舟　鳥羽亮
姫夜叉　鳥羽亮
兄妹剣士　鳥羽亮
ふたり秘剣　鳥羽亮
居酒屋宗十郎剣風録　鳥羽亮
獄門首　鳥羽亮
よろず屋平兵衛江戸日記　鳥羽亮
姉弟仇討　鳥羽亮
伊東一刀斎（上之巻・下之巻）　戸部新十郎
秘剣水鏡　戸部新十郎

秘剣龍牙　戸部新十郎
火ノ児の剣　中路啓太
いつかの花　中島久枝
なごりの月　中島久枝
ふたたびの虹　中島久枝
ひかる風　中島久枝
それぞれの陽だまり　中島久枝
はじまりの空　中島久枝
刀圭　中島要
ひやかし　中島要
晦日の月　中島要
夫婦からくり　中島要
ないたカラス　中島要
戦国はるかなれど（上・下）　中村彰彦
蛇足屋勢四郎　中村朋臣
忠義の果て　中村朋臣
野望の果て　中村朋臣